"900"

COLLANA
DIRETTA DA CESARE DE MICHELIS

CON ANTONIO DEBENEDETTI
E FRANCO SCAGLIA

Neri Pozza

L'ULTIMO DELLA CLASSE

Marsilio Editori

PRIMA EDIZIONE: APRILE 1986
SECONDA EDIZIONE: GIUGNO 1986

ISBN
88-317-4853-X

PARTE PRIMA

Scenario

Nelle notti di primavera del 1916 andavamo a vedere le montagne illuminate dallo scoppio dei cannoni col signor Giovanni e altri parenti. Il signor Giovanni era mio nonno per parte di padre e tutti lo chiamavano così. Mio padre gli dava del voi. Già si camminava in spadina sotto ai portici di monte Berico, e arrivati alla chiesa voltavamo in una stradina per fermarci alle panchette, davanti al bastione delle Prealpi. Da questo spiazzo si vedevano la catena dal Baffelan al Cornetto, e via via il massiccio del Pasubio che continuava con l'altopiano di Asiago e il Grappa. Era un baluardo imponente, infiammato sulle cime dalle vampe dei cannoni italiani e austriaci.

Il boato sordo degli spari arrivava continuo per l'aria e le creste erano illuminate a grande altezza, soprattutto dalle parti dell'altopiano di Granezza, in una depressione del terreno a mille metri di quota: qui l'esercito austriaco aveva concentrato le sue postazioni di fuoco per sfondare lo schieramento italiano nella Bocchetta.

Si sapeva che gli austriaci avevano dato perfino un nome alla battaglia, la chiamavano Strafe-Expedition, che voleva dire spedizione punitiva, per castigare l'Italia del suo tradimento nei confronti della Triplice.

Il signor Giovanni aveva detto che l'accusa austriaca era vile e si sentiva sicuro che le truppe nemiche, col loro imponente spiegamento di cannoni e di truppa, non ce l'avrebbero fatta a sfondare le nostre linee di difesa, anche se gli austriaci avevano incendiato Asiago e sparavano sulle nostre postazioni dal Kaberlaba e da monte Caco. La zona di Granezza di notte diventava tutta un fogo rosso, e noi stavamo a guardarla come uno spettacolo di teatro. Ma il sipario non calava. A notte alta, addormentati in braccio a qualcuno, ci portavano a casa mentre le cime continuavano a infiammarsi.

Il signor Giovanni pareva sapesse molte cose di quella battaglia. Se le armate austriache, forti dei loro mezzi, fossero riuscite ad aprire una breccia nello schieramento italiano proprio nella valle della Bocchetta, larga qualche chilometro, le città venete sarebbero cadute in mani tedesche fino al

Po: Vicenza, Bassano, Padova, Treviso, Rovigo, fino alle porte di Verona.

Gli austriaci forse si sarebbero trovati di fronte alla resistenza italiana sui Berici e i Lessini, ma non era sicura per cui, nella prospettiva dello sfondamento, dovevamo tenerci pronti a partire verso Bologna, o Genova con bagagli leggeri, perché i treni sarebbero stati stracarichi di profughi. Se poi i treni fossero stati nelle stazioni, e gli austriaci non li avessero bombardati prima! Ma, secondo il signor Giovanni, questa prospettiva era da escludere. Gli austriaci non sarebbero riusciti a sfondare lo schieramento italiano. La sua sicurezza pareva quella di un generale che avesse studiato le posizioni armate italiane in ogni particolare.

Aveva ricevuto un messaggio da mio padre, che lavorava nelle buche e nelle piazzole della zona, e intanto partivano da Bassano e da Vicenza cannoni di ogni tipo, per essere montati nei posti topici. Il fatto sta che ogni notte noi salivamo a monte Berico a vedere le montagne incendiate e a sentire il rombo dei cannoni. La gente aveva imparato che la guerra si faceva di notte, di giorno la truppa dormiva nelle caverne, nelle baracche e nelle trincee.

Il signor Giovanni era del parere che le truppe combattessero anche di giorno. Al mattino uscivamo insieme a passeggio, salivamo le lunghe scale di monte Berico passando sotto l'arco di Palladio.

Nella luce limpida, dal muretto basso del falsopiano vedevamo le montagne impennacchiate di bianco e sentivamo il brontolio del cannone. Suonò la sirena sulla torre di piazza, arrivarono subito su Vicenza gli aerei austriaci.

Erano due, sorvolarono la stazione ferroviaria e buttarono a mano qualche bombetta che scoppiò con fragore. Poi li vedemmo tornare verso le montagne. Più tardi sapemmo che quelle bombette avevano ucciso ventisette persone, che aspettavano il treno sotto la pensilina.

Quegli aerei, che parevano fatti di carta e di stecche di legno, coi piloti vicino alle ali, erano stati i primi a farsi vivi; ma cominciarono ad arrivare sulla città anche di notte. La sirena suonava. Mia madre ci tirava fuori dal letto coi nostri abiti addosso e, imbacuccati, correvamo nei rifugi; e già per strada sentivamo gli aerei ronzare sulle nostre teste, vedevamo le ombre correre lungo i muri.

Come il signor Giovanni aveva predetto, gli austriaci non riuscirono a sfondare sull'altopiano di Granezza. E tuttavia, durante l'estate e l'autunno continuammo a vedere i fuochi sulle montagne: sul Pasubio e sul Grappa. Di notte arrivava sulla spianata di monte Berico una leggera brezza che sapeva di fumo, vedevamo giù dal pendio la città bianca illuminata dai bengala. A volte il grido: «A terra, a terra», era simultaneo col sibilo della sirena. Stavamo sull'erba dietro grandi sassi. Dicevano i vecchi che era pericoloso stare all'aperto, le bombe non hanno una guida per cadere, vengono giù a casaccio. E metodicamente frequentammo i rifugi.

Cambiarono le usanze. A settembre apersero un asilo al ricreatorio di santa Chiara, e malgrado gli allarmi aerei nei giorni limpidi ci mandarono a scribacchiare su certi quadernetti di guerra. Suonava la sirena, ronzavano gli aerei e noi correvamo nella cantina del ricreatorio. Per la strada, tornando a casa, vedevamo uscire dall'ospedale militare uomini bendati e fasciati vistosamente, una manica del cappotto vuota o appoggiati alle grucce.

La guerra pareva andata lontano, sentivamo parlare dell'Isonzo e del Carso. Il signor Giovanni ripeteva a ogni momento che dovevamo essere preparati a partire, certi nostri parenti di Genova ci avevano trovato una bella casetta su una collina, vicino al ponte Brignole. Lui non sarebbe partito, l'esercito italiano era forte; e infatti tutto pareva, sui fronti di guerra, preparato per passare un altro autunno e un altro inverno, quando arrivò la notizia del disastro di Caporetto e lo sfacelo delle nostre armate. Il signor Giovanni non si sarebbe mosso da Vicenza, con lui restava zia Lieta. Noi, invece, con la siora Dele e mia madre, dovevamo partire; e infatti, l'alba del 26 ottobre, prendemmo un treno da Vicenza per Genova. Stretto fra la calca, finii in mezzo a un gruppo di marinai, preso da un sonno di piombo. Era il tramonto quando arrivammo a Genova.

Laggiù la guerra non sarebbe mai arrivata, e nemmeno le sirene ci avrebbero svegliati di notte. Una vicina di casa ci domandò: «C'è la guerra dalle vostre parti?»

Genova, dalla nostra spianata erbosa, era tutta celeste. Dalle finestre della casa vedevamo una lunga collina boscosa con una specie di castello; e la siora Dele diceva che una mattina, col tepore che spirava nell'aria, saremmo partiti per vederlo da vicino. Lei era di buona gamba e noi giovani; invece, a metà strada, sfiniti dal lungo cammino, sedemmo sotto un albero fiorito e facemmo colazione con le nostre provviste. Al ritorno montammo su un tram a due carrozze, e sballottati e storditi arrivammo a casa.

Mia madre aveva inventato un sistema ingegnoso per scaldare una stanza. Chiudeva le porte della cucina e metteva a bollire sulle fiamme del gas tre pentole d'acqua. Era gennaio, l'aria pungeva. «Lavarsi le mani, prima di toccare il cibo – strillava mia madre – c'è la "spagnola" in giro»; e ci faceva inghiottire mezza pasticca di chinino. Il medicamento arrivava incartato fra i giornali che mio padre, ferito a un ginocchio dal calcio di un mulo durante la ritirata di Caporetto, ci inviava dall'ospedale di Ferrara. Al sabato mia madre ci faceva il bagno nella vaschetta e gettava nell'acqua due pugnetti di sale marino.

Genova era una città infestata di insetti molesti, e fui rapato per precauzione. La battaglia contro le cimici in casa venne vinta da mia madre, che spargeva creolina in tutti i cantoni e spalancava le finestre per non farci lagrimare. Con la primavera sembrò che le cimici riprendessero l'offensiva, ma mia madre – come si trattasse della Strafe-Expedition – sparò tutti i suoi veleni e sterminò gli eserciti.

Genova diventava sempre più dolce e celeste, sfioccata di nuvole bianche come panna montata. I ciliegi sulla collina erano tutti in fiore.

Sulla spiaggia chiamata «La Strega» le onde si adagiavano sulla sabbia come bollissero. C'erano sparsi dei grossi ciottoli fatti di curve e di incavi sinuosi; e ne portavo a casa uno al giorno. Mia madre rideva di quell'idea, e credo che ogni tanto ne buttasse un paio nella spazzatura. Erano una montagnola.

La bella estate portò a Genova la notizia che l'esercito italiano, risvegliato con tutte le sue armi, aveva superato il Piave e inseguiva l'esercito tedesco in rotta. A novembre arrivò la notizia della vittoria. In Piazza De Ferrari rigurgitante di folla, una voce domandò il silenzio, e lesse il bollettino della vittoria. Alla fine un grande urlo si era sparso per la piazza.

1

Venti giorni dopo, il 24 novembre 1918, mio padre era arrivato a Genova senza preavviso con un suo saccopane pieno di bende per il suo ginocchio malato e dopo i primi abbracci si era messo a sagrare che la casa era fredda e che lui, di freddo, ne aveva patito abbastanza nella chiesa di Santo Spirito a Ferrara, dove era stato convalescente per la pedata al ginocchio di quel tale mulo. Mia madre, che lo vedeva camminare diritto, rideva come una matta.

Non conoscevo mio padre. Era partito per il reggimento quando avevo tre anni, mi era capitato di vederlo in licenza a Desenzano, andando a passeggiare per qualche giorno lungo il lago con lui e mia madre; ma non avevo in mente la sua faccia. Era alto, magro, con il viso color cuoio, i capelli brizzolati e gli occhi chiari; e mi faceva un po' paura quando mi guardava e corrugava le sopracciglia. Volle un giorno che andassimo a visitare il cimitero di Staglieno; non per dire una preghiera sulla tomba di qualche suo commilitone caduto, ma perché gli avevano magnificato Staglieno come un sito pieno di bellissime statue di marmo di Carrara. Mi tirò per i tumuli grugnendo, credo di rabbia e di disprezzo, sputò sotto i portici e disse che le statue gli parevano di zucchero e che ci sarebbe stato da succhiare per l'eternità. Insomma non c'era nulla da imparare per la sua arte di scultore.

Quel giorno le sue reazioni davanti alle statue mi avevano spaventato; e mi avevano spaventato le sue smorfie, le parole sbocconcellate, gli sputi per terra. Gli angeli di marmo mi parevano meravigliosi; invece lui diceva che erano bellissimi i fiori, i rosai rampicanti e i mazzi di garofani, le macchie di viole e il cielo azzurro.

Doveva aver portato a casa i denari del congedo perché, pochi giorni dopo, preparò qualche piatto squisito come i maccheroni con la carne e le erbe profumate, e un risotto che magnificò a lungo. Aveva fatto il conto che per cinque bocche era costato 22 lire. Con la mia fame da lupo mangiavo in fretta quelle squisitezze, lui era furioso per quel mio modo di masticare e inghiottire, e ogni tanto mi dava uno strattone al ciuffo. Voleva bere qualche buon bicchiere e un oste friulano glielo serviva. Lui lo sorseggiava durante il pranzo, tenendoci d'occhio. Mia sorella Clara non voleva essere guardata col cipiglio, e strillava. Il giorno in cui mia madre gli disse che, con l'occhio così brusco ci faceva paura, scoppiò a ridere: «Magari!» aveva detto.

Mio padre aveva scritto a suo padre, il signor Giovanni, dicendogli che saremmo tornati a Vicenza e che, con la casa grande che aveva, ci preparasse due stanze calde con buoni letti. La risposta arrivò subito. Partissimo pure, le stanze erano pronte. E così, fatti i bagagli, una mattina tiepida che appena il cielo schiariva, andammo alla stazione Brignole; e alla sera, con un palmo di neve per terra, trovammo a Vicenza la carrozza del nonno ad aspettarci. Ci ammucchiammo al coperto. Baci e abbracci. La temperatura non era più quella di Genova, avremmo dovuto abituarci.

Mio padre, nella grande cucina col focolare acceso stava in maniche di camicia, e mi pareva più alto e forte di come lo avevo visto a Genova. Raccontava a suo padre e a sua sorella della guerra e della ritirata di Caporetto, e andava in collera a rievocare le scelleratezze dei comandanti, finché nella stalla di Conegliano era arrivata quella benedetta pedata del mulo, che lo aveva spedito diritto in una vecchia chiesa-ospedale di Ferrara, la gamba legata ad un palo della luce; e là nel lettuccio, aveva passato più di un mese finché il ginocchio, offeso ma non rotto, era tornato normale. Così, inchiodato, aveva avuto modo di riflettere sull'andamento della guerra, prima sulla Strafe-Expedition e poi sulle ultime sei battaglie dell'Isonzo, alle quali aveva partecipato; e qui gli orrori che aveva visto e in mezzo ai quali si era trovato a combattere gli avevano scavato grandi buchi sanguinosi nella testa; e aveva girato per le trincee, tra i morti, come un mentecatto, mentre passavano sulla sua testa i proiettili delle bombarde e dei mortai, sacranon, e le granate dei cannoni. Così bisognava ammettere che il suo reggimento era stato mandato al massacro, tutti in tochi, la testa qua e i piè di là, disuniti i plotoni, le divisioni ridotte a spezzatini col fango e contorno di reticolati e pali per curarsi i denti.

Non riuscirò mai a ripetere le storie dei massacri ma, spero, il loro senso, diceva; e come parlava la sua voce si levava di tono, stridula, gli occhi erano diventati bianchi. La gioventù era morta così, diceva, come le mosche schiacciate per terra e poi pestate. E mentre intorno a noi si levavano le voci pietose di tutti che lo pregavano di calmarsi, lui infuriato ripeteva che la pace era una fandonia e che la realtà era stata la morte, e che dopo Caporetto avrebbe voluto ritrovare quel suo mulo benedetto per appendergli al collo la medaglia d'oro. Come poteva trovare un'anima altrettanto pietosa? Così, mentre il signor Giovanni cercava le parole appropriate per mitigare l'agitazione di quel suo figliolo, e annaspava sventuratamente tra luoghi comuni, nostro padre non si era accorto che noi, pieni di spavento, eravamo scappati dalla tavola e stavamo, col fiato corto ad ascoltare la fine di quella storia straziante nella stanza vicina. Poi, come se gli fosse mancato il fiato per proseguire, beveva d'un fiato il suo bicchiere e si asciugava col fazzoletto gli occhi bianchi. Il gesto ci aveva colpiti.

Quella era stata la prima sera in cui avevamo ascoltato i fatti della guerra. Tante altre volte, con racconti diversi, ci sarebbe toccato sentirle. Arrivavano gli amici. Anche loro avevano storie di guerra da raccontare; così, l'uno sull'altro si mettevano gli avvenimenti che avevano distrutto la vita e il carattere degli uomini.

2

Nel novembre 1919, a Vicenza, si riapersero le scuole elementari.

Era passato un anno dal giorno della pace, prima di rientrare nello «stabilimento» di santa Caterina, adibito per tre anni a ospedale militare; e noi ragazzi eravamo stati alloggiati per alcuni mesi nel granaio sopra la canonica della chiesa, senza stufa e con le finestre tappate di carta velina al posto dei vetri. Eravamo stretti nei banchi, addossati gli uni agli altri, coperti le spalle di certi tabarrucci ricavati dalle mantelline militari, ritinte e ritagliate in casa.

I genitori volevano a tutti i costi che frequentassimo la scuola della maestra Nausbaumer, che ci istruissimo dopo gli anni idioti della guerra. Nulla, dicevano, si ottiene senza sacrifici; e aggiungevano che il freddo era salute, e che soltanto quegli infingardi dei gatti stavano a leccarsi sul focolare dalla mattina alla sera.

Pareva stesse per arrivare il trionfo della disciplina e del sapere. A novembre, la riapertura dello stabilimento disinfettato con la creolina, rimbiancati i muri con la calce e riscaldate le aule, risuonava al mattino dello scalpitio dei nostri zoccoli per le scale e i corridoi, che dopo un lungo trambusto finiva sui banchi. Sfogliavamo i quaderni.

«Dettato!» esclamava la maestra Nausbaumer. Poi, con voce chiara:

«Tuona, tuona, ritiratevi o mietitori.»

Nel silenzio scricchiolavano le penne.

La maestra batteva le mani: «La nave entra in porto. Preparate le ancore, o marinai.»

Scrivevamo sulle pagine dei nostri quaderni spropositi raccapriccianti, i quattro campivano dappertutto. «Sillabate, sillabate» raccomandava la maestra.

Una mattina, al posto della maestra Nausbaumer entrò in aula un uffizialetto allampanato, con la caramella nell'occhiaia. Si tolse il mantello e il berretto, appese la sciabola e venne in mezzo all'aula. Scattò e fece il saluto militare. Disse: «Attenti!»

Ci alzammo in piedi. Disse ancora: «Otto per sette?»

Nessuno rispondeva. «Sette per otto?»

Silenzio.

«Eppure il direttore didattico Missaglia mi ha assicurato – diceva l'uffizialetto – che questa è una classe di matematici, pronti a tutte le risposte, tali da rispondere alle domande senza la tavola di Pitagora.»

Eravamo muti.

«Volevo dire – continuava l'uffizialetto guardandoci con la caramella lustra, – ragazzi da avviare agli studi tecnici. Dopo la guerra che abbiamo vinto con gloria, dobbiamo assicurarci che crescano dei giovani capaci di applicarsi in avvenire alle scienze meccaniche. Nove per otto?»

Uno gli aveva risposto con voce flautata: «Settantadue.»

«Bravo, come ti chiami? Cesare Marchiori? Io ti chiamerò Cornelio Nipote. Sai, Cornelio è stato, in epoca romana, un grande astronomo.»

Sapemmo più tardi che l'uffizialetto si chiamava Cavallini. Sostituiva la maestra ammalata e che pochi giorni sarebbe rimasto a fare il supplente. Era un tipo estroverso. «La preparazione strategica delle nostre truppe per la travolgente riscossa del Piave – diceva, – è durata fino al mese di maggio 1918. Sette per sei?»

«Quarantadue» replicava Cornelio.

Ormai il gioco occupava tutti. Per quanto sembri impossibile, l'uffizialetto ci aveva insegnato a usare la tavola pitagorica che noi avevamo guardato sul rovescio del quaderno con assoluta indifferenza.

L'uffizialetto si divertiva a sottoporci problemi complicati di aritmetica, usando sempre cose e oggetti di prima necessità.

«Un battaglione decimato dal nemico, composto di 423 unità, è accerchiato in un bosco. Per nutrirsi dispone di 104 gallette, 71 scatolette di carne, 82 litri di vino, 300 pacchetti di sigarette da 10 l'uno, e 640 pezzi di marmellata. Il battaglione accerchiato non riceverà rifornimenti prima di tre giorni. Quanto cibo toccherà ad ogni soldato?»

Cornelio Nipote aveva domandato: «E se qualcuno fra i soldati muore, come contiamo le provviste?»

«Giusto – diceva l'uffizialetto. – Il primo dì muoiono 32 soldati, il secondo 14, il terzo 102. Come il comandante spartirà le riserve?»

Era stato Cornelio Nipote a risolvere il problema, col cumulo delle frazioni, dividendo i residui di magazzino in complicate particelle. Dove avesse imparato a fare le frazioni nessuno sapeva. L'uffizialetto aveva ammirato l'ingegno dello scolaro senza analizzare la sequenza dei risultati; ma aveva detto che la soluzione era stata un modello di metodo. «Saresti stato un maresciallo eccellente della nostra sussistenza – aveva detto, – sai, quando eravamo alle strette, tutti rubavano per far tornare i conti.»

La scuola di santa Caterina traboccava di scolari.

«Studiare, studiare!» ripetevano i maestri.

Dalla Società generale del Mutuo Soccorso arrivavano richiami. I socialisti, che a Vicenza avevano vinto da qualche settimana le elezioni con la lista maggioritaria di uomini del popolo, pareva non avessero altro in cima ai pensieri che la frequentazione della scuola, e nient'altro si potesse fare al mondo, che si stava riordinando, senza studi.

Era tornata a insegnare la maestra Nausbaumer. A sentir riferire gli esercizi di aritmetica avviati dall'uffizialetto e le simpatie che aveva raccolto fra noi, pareva avessimo perduto il tempo in fandonie.

«Il Pascoli bisogna studiare – diceva, – si deve ingentilire il sentimento, diffondere l'educazione del cuore. Il Carducci bisogna studiare.» E recitava *Pianto antico* con le lacrime agli occhi.

Insomma avevamo capito che senza aritmetica e poesia non saremmo riusciti a nulla, e che i grandi passi nel mondo e le fortune sarebbero state fatte coi libri; che la gara incominciava lì, in quelle aule. Era una corsa vera e propria, ogni anno ci sarebbe stato il suo traguardo, una pagella. Dovevamo confrontarci con sincerità. La maestra poi, una mattina, aveva dichiarato con voce solenne che Cornelio Nipote si meritava il titolo di primo della classe.

Cornelio era uno scolaro simpatico e sveglio. Forse non ci teneva a essere il primo della classe. Tutti dicevano che non studiava, ma le risposte le azzeccava tutte, perfino quelle sui diritti e i doveri del cittadino. Era il più abile a torturare ogni specie vivente di animali: dai cervi volanti ai topolini, alle farfalle e ai grilli. Portava sempre con sé delle scatolette piene di formiconi e di millepiedi; e quando le apriva per farli vedere, rideva. Però era stato nominato primo della classe dalla maestra e il giudizio era inappellabile.

Alla fine di ogni interrogatorio di Cornelio la maestra Nausbaumer lo rincalzava di elogi; e l'anno finì in modo tale che quel paladino poté levare in alto la pagella come una bandiera.

L'anno dopo, stessa maestra Nausbaumer.

La faccenda del primo della classe eccitava in noi le meraviglie più grandi, soprattutto quando l'eletto (sempre Cornelio Nipote) faceva sentire la propria autorità, anzi bravura; ma la maestra messa in sospetto dall'astuzia del ragazzo, cominciava a guardarlo con una punta di malizia.

Era un compagno di buon carattere anche se diceva ogni tanto qualche cattiveria a carico dei compagni e ne rideva soddisfatto. Durante la primavera dovette patire una morìa dei suoi animaletti perché, nascosto dietro al banco, ogni tanto apriva qualcuna delle sue scatolette per constatare il loro stato di salute.

Ogni tanto ne scopriva uno cadavere. Aveva l'occhio clinico a riconoscere i moribondi, come il medico che sente il polso, e ne liberava qualcuno; domandava di andare al gabinetto e lo gettava fuori dalla finestra, fra l'erba. Eppure restava sempre il primo della classe, un mostriciattolo del quale alcuni avevano paura. Così fu un gran giorno quello in cui la maestra lo scoperse con un paio di scatolette di grilli sulle ginocchia, gliele aperse, e quelli saltarono per l'aula fra l'ilarità di tutti.

Cornelio li aveva rincorsi, catturati con grande sveltezza e rimessi nelle sue scatole.

La maestra scandalizzata dallo scolaro cacciatore, gli aveva intimato di uscire dalla classe e liberare immediatamente le bestiole: cosa che Cornelio aveva fatto. Ma, al suo ritorno aveva dovuto ascoltare in silenzio la precanta della maestra e la sentenza della sua destituzione.

Cornelio era finalmente apparso quello che era; un capriccioso entomologo, invidiato per la sua sveltezza. Non gliene importò nulla di essere destituito da primo della classe. Quello che prese il suo posto era un patatone sciocco, diligente e pettegolo.

Venne il giorno in cui i primi della classe uscirono dalle aule per essere additati all'ammirazione dei parenti nelle riunioni familiari: tenuti in palma di mano. Come avrebbero fatto a non insuperbire, con la gragnuola di elogi dei quali erano coperti? Il sapientino designato della nostra classe se ne stava da parte, quasi a dire «non son degno»; ma invitato a raccontare le proprie imprese, apriva il rubinetto del suo rosolio perché i parenti ne bevessero. Cominciavano a quel punto le profezie. Il tale, quando fosse diventato grande, avrebbe fatto l'ingegnere, il medico, l'avvocato. Giusto, le promesse erano lampanti. Bastava guardarlo: occhi vivi, fronte alta, mento risoluto.

Gli elogi scoppiavano come palloncini infiammati.

3

Quando, in quinta elementare il maestro Mingotti prendeva a recitare Carducci, pareva avesse incominciato a suonare la banda cittadina.

Gli occhi sfavillanti e i pomelli accestiti gli davano un po' l'aspetto di un uomo fuori di senno, anche perché gesticolava in maniera scomposta, camminando fra i nostri banchi con passo da gatto.

«Sulle dentate scintillanti vette
salta il camoscio, tuona la valanga
da' ghiacci immani rotolando...»

Noi lo seguivamo senza fiatare; e lui guardava nei nostri occhi, e giudicava da quelli la nostra attenzione; e se ne vedeva di assorti o svagati si avvicinava al balordo e con le dita accartocciate lo colpiva sulla testa con un colpo nocchiuto senza interrompere la recitazione. O si fermava, e dopo aver tirato il colpo: «Marrano» esclamava, stringendo i denti. Poi, con voce che tentava di diventare soave:

«Ma dai silenzi de l'effuso azzurro
esce nel sole l'aquila...
. . . .
Salve, Piemonte!»

La voce irrobustita aveva toni striduli di cornetta che si abbassava a quelli del bombardino quando la solennità del dettato lo esigeva:

«scendono i fiumi rapidi, gagliardi,
come i tuoi cento battaglioni...»

Già a quel tempo a me pareva che recitasse come un cantante d'opera, in un palcoscenico troppo piccolo per il suo entusiasmo; e faceva ridere quando, forse per due occhi imbambolati, sfiorava ancora uno scolaro per colpirlo con le sue dita nocchiute. Qualche testa risuonava come una scatola di legno.

Esigeva per le odi del Carducci una devozione religiosa, come un prete quando legge una parabola del Vangelo. Non recitò mai altri poeti dei suoi anni giovanili: non Pascoli e nemmeno D'Annunzio.

Aveva una passione esplicita per i temi patriottici; ed è stato lui a ricrearci l'età del Risorgimento giocando d'astuzia con la storia. Nutriva odi sviscerati contro Crispi, soprattutto, contro l'imbroglione (così lo chiamava, ma non ci diceva chiaramente il perché), e poi contro Giolitti. Adorava Turati, il sacrificato da tutte le coalizioni governative, e avrebbe, potendo, buon ultimo, disseppellito Cadorna per bruciarne i resti. Non parlò mai del re soldato, anzi lo lasciò sul suo altarino, dove la tradizione lo aveva messo dopo Vittorio Veneto, senza gli elogi che assordavano il paese, e i canti che riempivano le scuole sulle «ragazze di Trieste», che un giorno o l'altro avremmo dovuto incontrare. Che festa sarebbe stata!

Non le vedemmo mai. Cantavamo le canzoni durante i saggi ginnici e le ricorrenze. C'era un anniversario ogni due o tre settimane: la presa di Gorizia, la battaglia del Solstizio, l'entrata in guerra, la resistenza sul Piave, la vittoria del Grappa «nostra patria».

Era stato il maestro Mingotti a spiegarci che cosa fosse la patria; e dopo averla definita «fratellanza di uomini dalle Alpi al Lilibeo», ci aveva recitato del Carducci i versi della *Canzone di Legnano*, con la solita voce forte e rabbiosa, guardandoci fisso negli occhi.

C'era nel suo furore qualche cosa che ci turbava. Man mano che i versi rotolavano per la classe, il suo viso si incendiava e i pomelli rossi lustravano. Si puliva gli angoli della bocca di una bava biancastra e si asciugava il sudore dalla fronte. Infine, spossato, sedeva alla cattedra come atterrato da una grande stanchezza, la testa raccolta fra le mani.

Quella volta aveva aggiunto che con la battaglia di Caporetto l'esercito italiano si era paurosamente disunito, che molti soldati – migliaia e migliaia – avevano disertato le fila dei loro battaglioni, per riunirsi poi sul Piave. Questo significava che la paura del nemico doveva aver avuto il sopravvento sul coraggio e che la fratellanza dalle Alpi al Lilibeo era stata spezzata.

Quando il maestro tornò a camminare fra i banchi tutti si erano accorti che aveva le gote bagnate di lagrime.

4

A vedere i fascisti, assistere alle loro cerimonie dalla strada affollata – sul balcone di palazzo Sale al Pozzetto –, in principio ci andavano pochi scolari; poi ne tirarono qualcuno fra i meno paurosi; perché in fondo, – dicevano – era uno spettacolo da ridere vedere dei vecchi signori esposti al balcone mandar giù un bicchiere da birra pieno di olio di ricino, e poi cantare gli inni della patria con le squadre in camicia nera.

Nessuno di noi, subito, capiva le ragioni per cui quei signori erano costretti a fare quelle bevute, ma, dicevano le donne, dovevano essere «purgati» perché si nettassero la coscienza. Che relazione ci fosse fra nettarsi la coscienza e bere l'olio di ricino, noi non capivamo. Poi sentimmo dire dalla gente che si trattava di soggetti pericolosi, sovversivi, bolscevichi, anarchici, comunisti. Mio padre era furioso per quelle cerimonie, si trattava di una barbarie vergognosa e violenta, tollerata perfino dalle forze dell'ordine e dall'esercito. E non sospettò che anch'io, tirato da Cornelio Nipote, fossi stato a spiare le bevute dall'andito di un portone.

Ne provai un disgusto profondo. L'uomo sul balcone, che non voleva bere l'olio di ricino, era stato picchiato, e il sangue gli era corso dalla testa giù per la guancia, sporcandogli la camicia bianca e la giacca. Pure stetti là, senza la forza di scappare; finché non si aperse un varco tra la folla.

Avevo capito che mio padre sapeva tutto di quegli avvenimenti, ma evitava di parlarne a tavola quando eravamo insieme; forse ne discorreva di notte con mia madre, quando erano a letto. Certo doveva sperare da mezze frasi brusche corse per l'aria, che noi ragazzi non corressimo a vedere quelle bravate. (La nostra casa era vicina a palazzo Sale.) Invece io ero attirato irresistibilmente da quelle adunate rumorose, e se udivo suonare le trombe della fanfara fascista correvo a cercarmi un angolo riparato per vedere quello che sarebbe successo; e col cuore che mi batteva in gola aspettavo l'apparizione dell'uomo sul balcone, col bicchiere da birra pieno di olio di ricino.

Un pomeriggio esposero al balcone la bandiera nera, un mazzo di gagliardetti e il tricolore; e affissero ai muri un manifesto listato di nero dove era scritto il nome del milite caduto in una vile imboscata di agrari comunisti. Si trattava di un eroico giovinetto innocente. Aveva offerto la vita in olocausto per la patria infettata dai bolscevichi. La salma sarebbe stata esposta nel camerone di palazzo Sale.

Andammo a vedere il morto, con Cornelio Nipote e mia sorella Clara, alto sul cataletto e quattro militi in divisa gli montavano la guardia. Era coperto da una bandiera nera, con sopra scritto «Me ne frego - Fascio di Vicenza», e aveva il viso lustro e cereo, non giovane. Sapemmo dalle parole della folla che gli girava intorno, che lo avevano ammazzato dei contadini, assaliti di notte nella loro fattoria di Gazzo Padovano. Più tardi, a casa, nostro padre ci raccontò che, durante la spedizione punitiva, i fascisti avevano ammazzato la madre dei contadini e che costoro avevano risposto con i loro fucili da caccia.

A scuola la maestra Nausbaumer ci fece dire, alla fine della lezione, un requiem per il morto e ci raccomandò di evitare i tafferugli davanti a palazzo Sale. Non erano faccende da ragazzi. Parlava con voce grave, camminando per la classe, come seguisse una processione. C'era nel suo passo un'ombra di compianto e di paura per noi, come vederci travolti da un improvviso tumulto. Dopo tanti morti sussurrava, cinquecentomila innocenti e due milioni di feriti e mutilati, non era ancora tornata la pace.

Pure, allo squillo della fanfara, continuammo a correre verso il balcone; finché una mattina Cornelio Nipote si fermò a Santa Chiara e disse che non sarebbe più andato a vedere il balcone. I fascisti avevano picchiato suo padre e alcuni suoi amici, in borgo Santa Lucia. E sputava per terra. Gli avevano rotto la testa col santo manganello. Anche la maestra Nausbaumer lo seppe, in gran segreto, e tornò a raccomandarci di star lontani dai cortei e dai tafferugli.

Per me era fiato sprecato. Volevo vedere.

Adesso, prima delle purghe, un «notabile» dei fascisti si affacciava al balcone e spiegava, nome e cognome, le infamie commesse dall'uomo che dovevano purgare. Gli astanti assiepati nello slargo qualche volta ridevano e applaudivano, con le donne e i bottegai usciti dai loro negozi. Pareva assistessero al gioco della cuccagna.

Un giorno avevo sentito parlare il signor Giovanni e mio padre della Marcia su Roma, il vecchio diceva del re Vittorio parole aspre. Mio padre cercava di allontanarmi. «No, lascia che ascolti – diceva il signor Giovanni. – Ora non capisce ma un giorno queste parole le ricorderà. Gli avranno fatto bene. Il colpevole di questa infame commedia è il re, solo lui. Iddio non paga il sabato.»

Il giorno in cui assistetti alla purga dell'omone con la barba rossa a due punte, che – aveva detto il solito «notabile» – bruciava i poveri morti, vomitai. L'omone si era tutto impiastricciato i lunghi peli sul mento e l'abito, si divincolava infuriato, tirava pugni e forse pedate.

Quando i suoi persecutori capirono che un po'

d'olio l'aveva bevuto, lo tirarono indietro e chiusero le finestre.

La gente sfollava lo slargo, i bottegai rientravano nei loro negozi. L'omone era noto in città, qualcuno diceva che era un galantuomo da fargli tanto di cappello.

5

Teneva alto il libro e camminava solenne fra i nostri banchi di legno il professore Infocato, stuzzicando elogi per la *Vita* dell'Alfieri; e a volte ardeva di quello scrivere barbaro come cantasse il «Gloria» della messa. Pareva estasiato dall'episodio socratico dell'erba amara, brucata affannosamente dal piccolo Vittorio e poi vomitata dietro la siepe.

L'insegnante si rigirava in quelle pagine senza stupirsi dell'atteggiamento indegno del prete domestico, che era andato a sussurrare a madame Monica Maillard de Tournon, madre di Vittorio, i peccatuzzi del ragazzino; peccatuzzi che costui dovette, tremando, riconfessare alla madre prima di sedere a tavola.

Il professore Infocato sforbiciava fra gli episodi con il gusto bizzoso di un sarto che, preso in mano un abito da uomo, lo tagliuzza riducendolo a un costume da Pulcinella; e intanto non si rendeva conto che il prete aveva violato il sacramento della confessione, sibilando nell'orecchio di madame Monica le confidenze del ragazzino.

Il professore, che declamava i primi capitoli della *Vita* perché ce li mettessimo bene in mente, non aveva altro scopo che quello di farci il quadro di un'infanzia eroica; ma non lo diceva. Infatti non deplorò «il traditor confessore» e nemmeno mosse obiezioni circa il tipo di educazione bigotta che costui imponeva al suo pupillo.

Qui cominciava la mia avversione: non già per il libro, ma per il modo insulso di discorrerne del professore: come si trattasse di una guerra fra il ragazzo e la famiglia, col prete complice di madame Monica.

Il resto del racconto rotolava senza fascino.

Un'antipatia sorda mi teneva lontano dalla muffa dei matrimoni di madame Monica, prima sposa di Antonio Alfieri, poi del Marchese di Cacherano e infine – in terze nozze – con un tale Giacinto Alfieri di Mogliano, gentiluomo facoltosissimo di illibati costumi. Il gineceo dei figlioli, nati da questi tre sposalizi, era stato distribuito in collegi e monasteri. Tra quei figli vi era Giulia, sorella carnale di Vittorio, chiusa in un convento, che Vittorio amava e visitava spesso.

La mia avversione per il modo di riassumere la *Vita*, e stravolgerne i fatti, era cominciata quindi contro il «traditor confessore»; e non si corresse nemmeno quando il professore Infocato cercò, con voce leggera di riferire i passi dove il giovinetto raccontava in modo sprezzante la natura e il carattere dei propri studi, ai quali si applicava con grande svogliatezza, imbrogliando insegnanti distratti e poltroni. La svagatezza dell'insegnante era ipocrita. Non c'era scolaro al quale le alzate di testa dell'autore non piacessero. Infine, quando il professore si diffuse a commentare le ardite leggi piemontesi per cui, compiuti i quattordici anni, l'Alfieri comincia a disporre dei propri beni – cioè a spendere e spandere, come uno scervellato, in abiti e cavalli –, dovetti fare una di quelle stecche che danno nel genio di un insegnante. E fui marcato come scioccone, impudente e maleducato.

La mia rottura con il professore Infocato era cominciata con questi focherelli. Attizzati giorno per giorno, alla fine dell'anno si conclusero sul portone del ginnasio, con l'accompagnamento del preside Dabalà, dell'Infocato, di mio padre e del bidello.

Era stata, per il costume di quegli anni, un'uscita vergognosa dalla scuola, condita da una predica del preside somigliante alla recita della *Via crucis* nella settimana santa; replicata a casa col concerto delle risatine di mia sorella Clara. La sua ambizione era frequentare la scuola, studiare, arrivare all'università. Doveva aver ascoltato, in quei giorni, sentenze del tipo: «Chi ha i denti è senza pane, chi ha il pane è sdentato»; e le ripeteva con ironia nelle occasioni più strampalate.

In famiglia le avevano assegnato un ruolo: diventare una perfetta donna di casa, capace di affrontare con abilità qualsiasi incombenza: ricamare le tovaglie e fare un bel bucato, preparare delle buone minestrine e rigovernare con cura l'acquaio. Insomma, aiutare nostra madre nei lavori di casa. Quel tipo stolido di attività familiare la teneva in uno stato di continuo dispetto, e ripeteva che piuttosto che fare quella vita sarebbe stato meglio morire. Ma non faceva scene. Lei davvero voleva studiare, quello – diceva — era il suo ideale. Ora che dalla scuola ero stato allontanato con vergogna, lei voleva prendere il mio posto per far vedere chi fosse.

Mia madre aveva trovato il modo di medicare la piaga: mi mandava ospite del signor Giovanni e di zia Lieta. Così, senza tanti preparativi per non dare nell'occhio, liberato dalla galera di casa mia, un pomeriggio ero partito in punta dei piedi.

Doveva esserci stato un accordo per quel trasferimento. Nella nuova casa conoscevo la camera dove sarei stato alloggiato, sapevo che i parenti non mi avrebbero domandato nulla della scuola; e mi stupivo ancora del fatto che mio padre si fosse accontentato di poche chiacchiere senza fondamento, perché i due degni pedagoghi del ginnasio mi allontanassero dalla scuola come l'ultimo della classe; e non avesse riflettuto su quella cacciata dagli studi, che avrebbe cambiato il corso della mia vita.

Adesso dovevo cercarmi un lavoro, ero libero di sceglierlo, e non ne vedevo uno tagliato per la mia fantasia; ma poiché dovevo cercarmelo per castigo, non stare in ozio, dovevo trovarne uno che fosse di mio gusto. Intanto, a casa del signor Giovanni, né lui né zia Lieta volevano discutere le ragioni della mia cacciata dalla scuola. Le conoscevano già, ma forse non ci credevano; ossia non credevano al giudizio sommario del professore Infocato e del preside.

Il signor Giovanni, che mi aspettava in cima alla scala col sorriso sotto ai baffi bianchi, mi aveva condotto in giro per la grande casa. Rivedevo così la vetrina piena dei suoi cimeli militari, lo scaffale coi libri sul Risorgimento, la sala col pianoforte della zia Lieta. Tante volte avevano pensato di venderlo ma lei era riuscita a difenderlo con le unghie dalle offerte del negoziante. Riuscii a spingere gli occhi dentro la «camera scura», con le finestre ovali affacciate sull'Oratorio delle Zitelle, ad arrampicarmi in granaio da dove si vedeva monte Berico disseminato di ville e di grandi alberi, con la fila dei portici che salivano al Santuario. Quello era il più bel rifugio del mondo.

6

Il signor Giovanni era un uomo di fantasia, ma ci voleva molta attenzione a intuirlo; ed è un peccato che io lo abbia capito tardi; altrimenti avrei potuto scrivere sulla sua vita una storia ricca di avventure e di spropositi. Sì, anche di spropositi. Era un carattere ricco di candore. Viveva di una sincerità meravigliosa e affrontava con quella i peggiori contrasti. Sapeva essere uomo e giovane. Dove e come avesse imparato a esserlo, nessuno riusciva a figurarselo. Poteva soltanto constatarlo. Quando inventò il *Teatrino* a Recoaro per Gorno Dell'Acqua, forse realizzò un sogno di ragazzo. Forse un altro sogno era stato quello di correre ad arruolarsi con Garibaldi. Era famoso per aver fatto, alla moglie Maddalena, i doni più fantasiosi: abiti di Trieste e di Vienna. Rovesciava tutte le supposizioni e le tradizioni, le abitudini quotidiane. Non c'è che dire: l'idea dei genitori di farci per l'Epifania dei regali utili era stata costante; e noi non aspettammo mai la festa, e non credevamo a nostra madre che ci figurava la Befana vecchia e affumicata dai camini che aveva disceso, per ficcare nelle calze appese al focolare un bel berretto alla marinara, un paio di scarpe per i giorni di festa, una camiciola di seta a righine bianche e celesti.

Eravamo sicuri çhe i regali, i veri regali, dovessero essere inutili; e Clara sognava una grande bambola, io una ferrovia con lunghe rotaie, il treno a quattro o cinque carrozze che fischiava passando per le due piccole stazioni e si fermava alla centrale.

La Befana arrivava sempre in due case: in quella nostra e nell'altra del signor Giovanni; ed era zia Lieta che lo aiutava a scegliere i regali; anzi a farli, – e l'anno in cui, con le sue mani, fece la bambola Clarice, Clara ci restò male. Gli abiti della pupattola erano di belle sete colorate, ma lei aveva un viso a palla e le fattezze ricamate con fili a molti colori, le braccia e le gambe di legno, le mani e i piedi sempre ricamati ma rozzi e piatti. Non capimmo che si trattava di un lavoro squisito di pazienza e di eleganza; e Clara dopo averle fatto due carezze svogliate l'aveva posata sull'orlo del camino.

Quell'anno per me, era appeso con un filo alla gronda del camino, un gran pallone fatto con carta di vecchi giornali.

«È per te», – aveva detto con un sorriso malizioso il signor Giovanni.

Devo averlo guardato pieno di sorpresa. Che si trattasse di uno scherzo l'avevo supposto; così, staccato dal filo il pallone di carte, lo presi tra le mani. Era leggero. Non mi restava che disfarlo, lasciando cadere a terra i fogli accartocciati.

Avevo addosso i suoi occhi, quelli di zia Lieta e di Clara. Toglievo frettolosamente una carta dopo l'altra, e in breve tempo ne feci un mucchio. Mi restava sempre fra le mani una grossa palla, qualche foglio era incollato e dovevo strapparlo; e mentre lo disfavo sentivo nascere in me una irritazione curiosa, – come m'aspettassi, alla fine dell'operazione –, di trovarmi fra le mani una pallina di vetro. Così fantasticavo, strappando giornali su giornali, di arrivare a stringere qualche cosa che non fosse magari una scatoletta con la bandiera dell'America. E intanto la mia irritazione cresceva al punto di strizzare la palla per gettarla nelle fiamme; e ne avevo fatto il gesto quando avevo visto gli occhi del signor Giovanni.

«Devi arrivare alla fine», – diceva lui senza smettere il sorriso. Così continuai a strappare e a tirare le carte, qua e là cucite col filo bianco; e dovevo spezzarlo. La palla restava tra le mie mani sempre grossa e leggera.

«Oh, basta» – avevo detto.

«Non hai finito», – diceva lui con voce pacata.

Il mucchio di carte da giornale ai miei piedi era alto. Così continuai a disfare la palla. Ora tendeva a diventare piatta come una piccola torta.

Così arrivai agli ultimi fogli. L'irritazione era scomparsa, lasciando al suo posto una viva ansietà. Disfeci le ultime carte, le gettai e mi rimase in mano una moneta d'argento da cinque lire; quella che allora si chiamava *scudo*: era bianca, lucente.

La tenevo fra le dita, palpandola. «Che cosa ne faccio?» – domandavo dubbioso.

«Ne farai quello che vorrai», – aveva detto lui. «Hai visto a che cosa serve la pazienza? Bisogna vedere le cose fino in fondo.»

Fu quella volta, la sola, in cui fece per noi la recita con i burattini dopo averci detto di aver imparato a manovrarli da Gorno Dell'Acqua, che aveva avuto ospite a Recoaro per due stagioni di villeggiatura.

Il pubblico elegante, che sceglieva la stazione termale per la cura delle acque medicamentose, andava ogni sera nel teatrino del signor Giovanni, chiamato col nome minaccioso *La Torre di Londra*, a veder gli spettacoli delle marionette del maestro bresciano. Gorno diceva di divertirsi di più a muovere i burattini, sentirseli nelle mani e nella fantasia; e andandosene da Recoaro aveva lasciato in dono al signor Giovanni, il trabiccolo che chiamava teatrino, rivestito di carte a fiori; e una dozzina di pupazzi.

Da solo il signor Giovanni – quel pomeriggio – aveva preparato e illuminato con le candele, in fondo alla grande cucina, il piccolo boccascena con lo scenario; e quando si ritirò dietro la tenda, annunciò con voce – non pareva la sua – che avrebbe recitato per il rispettabile pubblico, «*Arlecchino, testamentario falso*». Era per noi un avvenimento inaspettato.

Arlecchino, subito apparso nel suo abito a scacchi colorati, raccontava con molti sberleffi la sua storia truffaldina. Dichiarava poi al giudice che, morendo, il conte Smocche, aveva lasciato tutte le proprie sostanze alla moglie, avara e crudele. Lo aveva proclamato in punto di morte. Ma il testamento non si trovava.

Il giudice replicava che in fatto di testamenti, le parole non valgono nulla; ma Arlecchino aveva giurato.

Il giudice ascoltava allora la testimonianza del fattore del conte e quella del parroco. Lo faceva per scrupolo, ripeteva, perché in fatto di testamenti, le parole non valgono nulla. Conta la carta scritta. La figlia del conte Smocche, giovane costumata, era chiusa in un collegio e non sapeva nulla del testamento. Infine il pappagallo di casa aveva sbeccato dicendo che il testamento era stato nascosto sotto il materasso del letto di Arlecchino. Così, svergognato dall'uccello parlante, il truffaldino era stato portato in piazza, condannato a ricevere cinquanta bastonate.

La nostra emozione per la recita era stata inimmaginabile. Che il signor Giovanni avesse, fra i suoi talenti, anche quello di far recitare con tante voci diverse i burattini, nessuno lo aveva mai supposto. E infatti malgrado ci facessimo promettere che lo avrebbe fatto ancora, non si ripeté mai più.

Quando era uscito dal teatrino sorrideva ancora. Aveva spento le candele del trabiccolo e tirato la tenda.

Sulla tavola, preparata con la più bella tovaglia della casa, c'era una grande torta coperta di zucchero a velo.

7

A casa del signor Giovanni ognuno faceva vita a sé. I doveri erano pochissimi: trovarsi riuniti a tavola a ora stabilita, tre volte al giorno, ritirarsi a dormire a ora prescritta, dopo che lui aveva letto i suoi due quotidiani. La tavola era di una frugalità conventuale, il letto duro perché dava salute, il bagno del mattino appena tepido. E ognuno, per entrarci, aveva la propria ora: essendoci un solo camerino in casa, bisognava osservare la regola.

Non avevo più rivisto mio padre e mia madre, ma supponevo che avessero avuto sul mio conto notizie tali da tranquillizzarli. Infatti un giorno il signor Giovanni volle leggere da solo la *Vita* dell'Alfieri; e la rilesse con me senza dare giudizi. Soltanto aggiunse che gli pareva stonato scegliere come testo per lo studio dell'italiano un libro come quello; e che sarebbe stato più utile – con la profusione di bei libri usciti ai suoi anni – sceglierne uno più semplice e più vero. Alzatosi andò al suo armadio e tornò con un volumetto dal titolo *I Mille* di Bandi. Mi invitò a leggerlo; e io lo lessi tutto con un vivissimo piacere, perso in quella grande impresa di uomini coraggiosi, guidati da un generale che portava finalmente la giustizia nella Sicilia lontana e cacciava gli oppressori borbonici.

Esistevano quindi libri vivi e onesti, fuori dalla scuola, adatti ai gusti di un ragazzo ignorante.

Ne lessi molti, tutti garibaldini, e uno sulla Repubblica romana, dove Mazzini comandava come un grande capo; e le *Memorie di un maestro* di De Amicis. Ebbi una grande avversione per *Cuore*, e dovetti diventare uomo prima di prendere in simpatia l'autore, gran galantuomo, e lo mettessi con la fantasia nel costume di quella scuola di pupazzetti torinesi, dove i genitori si comportavano come soldati sul campo.

Le mie letture garibaldine andavo a farle seduto sui sacchi nel granaio, di fronte alla veduta dei colli di monte Berico; e mi piacevano soprattutto nei giorni di temporale, quando gli alberi sconvolti dalle raffiche si agitavano in mezzo alle nuvole basse e oscure; e i lampi, attraversati da qualche fulmine fragoroso, ingiallivano l'aria. Allora stavo là, con *Le mie prigioni* sulle ginocchia, a vedere e a sentire la pioggia che scrosciava sui tegoli, finché la nuvolaglia si apriva mostrando il celeste del cielo e il sole sull'orlo dei nembi. L'aria, rifatta leggera, entrava negli abbaini.

La mia beatitudine di quei giorni medicava l'orgoglio ferito dal preside Dabalà e dal suo istigatore Infocato; perché, man mano che l'episodio alfieresco si allontanava e impallidivano le figure di quel libro, si facevano strada e suonavano stonate le parole di condanna che mio padre, offeso dal mio contegno, aveva ascoltato.

Finiva luglio quando, in compagnia del signor Giovanni, andai una mattina a salutare mio padre nella sua bottega di scultore. Non era quella della quale racconterò più avanti. Questa, fatta di grandi stanzoni, era alloggiata negli ex magazzini di palazzo Matteazzi in val Merlara, con grandi finestroni a lunetta, ed era piena di abbozzi di statue, di modelli su solidi trespoli, di tavole e cavalletti.

Mio padre, secondo il solito, stava al tavolo a disegnare. Salutò suo padre con grande deferenza e me con uno schiaffetto affettuoso. Gli dava del voi. Mi sorprese la forma, malgrado li avessi sentiti parlare insieme altre volte. Poi, date le notizie dei lavori che stava facendo, disse (com'io non fossi presente) che avrei dovuto cercarmi un lavoro prima dell'autunno e che lasciava la scelta al mio estro. Non voleva esserne responsabile. Io dovevo trovare quello che mi andava a genio (perché nessun giovane ha il diritto di vivere in ozio); e infine, quando lo avessi trovato, dovevo farglielo sapere perché giudicasse della scelta.

Disse queste cose in modo pacato (non alzava

mai la voce davanti a suo padre); il signor Giovanni si dichiarò d'accordo e tornai a casa con lui.

Nel tratto di strada che ci separava dalla bottega di mio padre alla casa del signor Giovanni, altro non feci che pensare alla scelta del mestiere. Quale? Passavamo davanti ai negozi, e fulmineamente mi vedevo seduto al deschetto di Giuseppe Brazzo, «calzature fatte a mano». Era un artista, dicevano, le scarpe fatte dalle sue mani benedette si infilavano come guanti; ma rattoppava anche ciabatte e scarponi puzzolenti. Lì, a due passi, c'era il laboratorio degli orefici, dieci o dodici artigiani, «man de oro», capaci a fare i piedi alle mosche, che riscuotevano alla fine del mese alti salari; ma nemmeno mi passava per la mente d'imparare quei giochi di pazienza. Voltavo via la testa dal negozio di formaggi, di salse e di olio; da quello sanguinoso del beccaio.

Ecco lì, lungo le mura, il laboratorio dei fabbri di Brusco, e alla fucina sull'ingresso il moro Righetti che cantava, nero di fuliggine, battendo il suo ferro arroventato. Quello in mezzo al carbone e al fuoco era un mestiere ingrato. Arrivato davanti a casa del signor Giovanni guardai di sbieco la chiesa di Santa Caterina e mi venne quasi da ridere al pensiero che avrei potuto offrirmi al parroco come aiuto del sacrestano Silvestro, accendere e spegnere candele, mettere sugli altari tovaglie candide, mazzi di fiori, suonare quattro o cinque volte al dì le campane. E poi, durante le feste solenni, parare la chiesa di drappi scarlatti; o per la sepoltura di qualche riccone, montare il catafalco di prima classe coi nastri neri e d'argento, i teschi con le ossa incrociate.

Questo, però, non mi pareva un lavoro, ma la disposizione devota di un buon cristiano; perché mi sarebbe toccato girare in mezzo alla folla dei fedeli perfino con la borsa delle elemosine (e non mi piaceva farlo), servire la messa, partecipare alle funzioni della domenica (anche a quelle del pomeriggio). Addio festa, addio cinema. Tuttavia volevo rappresentarmi quell'occupazione, parlarne con qualcuno. Così, poco dopo il tòcco, un giorno ero sceso per le scale e, spinta la porta della chiesa, entravo nel fresco della navata. C'era nell'aria un odore dissipato d'incenso.

Non c'era nessuno. Soltanto il lucignolo rosso, vicino al tabernacolo, era acceso sull'altar maggiore. Giravo fra i banchi, entravo in sacrestia. Tutto era lustro e in ordine. Le file delle sedie erano a posto come per una funzione. Quel lavoro poteva essere affidato a me; e forse Silvestro, il sacrestano, mi avrebbe raccomandato di non lasciar spegnere mai il lucignolo rosso, immagine della presenza di Gesù. E infine di tenere in buon ordine i legni dei catafalchi, che si sarebbero, all'occorrenza, montati come si montano i giochi dei ragazzi.

Passavo per la cripta, giravo la maniglia del lungo corridoio dov'erano conservate le suppellettili della chiesa. Una persona si era mossa. Era Sabina, la figlia di Silvestro. La conoscevo appena: una piccola scimmia mora, i capelli aggrovigliati, coperta di un abitino di pezza, frusto come quello di una pupattola da pochi soldi. Aveva allora sedici anni. «Ciao».

«Ciao. Da dove sei entrato?»

«Dalla porta.»

«Ah, vuol dire che mi sono dimenticata di chiuderla. Io chiudo sempre. Vengo qua perché è l'unico posto fresco.»

Si sdraiava sul pavimento. Aveva messo sotto la testa degli stracci rossi per tenerla alzata e sbuffava. «Puoi sdraiarti anche tu, se vuoi.» E mi spingeva sotto il capo un po' di stracci perché vi posassi la testa.

«Hai chiuso la porta del corridoio?»

«Sì – rispondevo, – chi vuoi che venga a quest'ora?»

«Di solito non viene nessuno, ma è sempre meglio chiudere.»

Mi ero disteso vicino a lei, che non sapeva un buon odore. Forse era un po' sporca e sudata. Lentamente mi prese una mano e delicatamente me la posò su una tettina. Era piccola e dura. Poi tenendomi per il polso fece scendere la mano e alzata la sottanina se la mise in mezzo alle gambe.

Non aveva mutande e sentii nel cavo e tra le dita i suoi peletti ruvidi e corti. Allora mandò un mugolio leggero come un soffio.

«Nessuno mi tocca mai – aveva detto. – Senti come ti batte il cuore – aggiungeva, – hai paura?»

Non rispondevo. Tenevo la mano ferma sul ciuffetto ispido dei peli, pensando come quel primo approccio fosse stato facile e nuovo.

«Paura no – avevo risposto, – ma adesso cosa facciamo?»

«Nulla – bisbigliava, – sta fermo.»

Guardavamo di là dalle finestre inferriate, nel cortile della caserma disabitata, dentro le finestre nere. Lei, intanto aveva sbottonato l'abito e tirato in alto un lembo. «Carezzami un poco» sussurrava.

Le passavo la mano sul ventre piatto ma finivo sempre per fermarmi sul suo ciuffetto di peli. «No, aspetta» diceva svincolandosi e rizzandosi in piedi. Si tirava con le dita i capelli, riabbottonava il vestito. Aveva le guance rosse come un pomo. Avrei voluto domandarle il perché di quella storia, ma lei si era messa a parlare. «Non subito, così presto – diceva, – sei svelto tu, con le tue mani. Bisogna aspettare...»

«Aspettare chi?»

«Aspettare il momento, sai, il momento che viene. Oggi non era giusto... faceva troppo caldo. Tu hai fatto all'amore tante volte, si capisce che sei pratico.»

Le avevo voltato le spalle.

«Tu sei matta, Sabina» dicevo avviandomi alla porta, deluso da quel capriccio improvviso di bambina volubile, il viso acceso da una vampata di collera.

«Non andar via, ora» pregava.

«Vado via altrimenti ti tiro venti schiaffi, e poi altri venti» dicevo.

E mi veniva in mente che mi aveva giudicato pratico nel fare all'amore mentre Sabina era la prima ragazza che toccavo.

Tirato il catenaccio avevo attraversato la chiesa di corsa.

Sabina morì di meningite fulminea quindici giorni dopo il nostro incontro, la portarono all'ospedale e nessuno dei ragazzi della contrada poté vederla. Chiusero subito la cassa, il parroco don Ernesto Tescari disse che era stata un angelo, già volato in paradiso. Era un uomo gentile il parroco, bravo a parlare di angeli e di luoghi celesti.

Qualche giorno dopo la sepoltura di Sabina nessuno parlava più di lei; e a me tornava in mente il pomeriggio in cui ci eravamo incontrati, lei sempre accaldata come avesse la febbre, sdraiata sulle pietre del corridoro.

8

Era stata zia Lieta ad accompagnarmi, un pomeriggio, la prima volta, nel giardino della signorina Olga: bella, con una grande conchiglia di capelli biondo-focosi, la fronte liscia e gli occhi celesti dolcissimi. Dalle labbra pallide si vedevano i denti piccoli e lustri. Vestiva quel giorno, in cui stava seduta in giardino coi suoi scolari intorno, un vestito di seta viola ricamato sul petto.

Quei ragazzi li chiamo adesso scolari. Frequentavano spontaneamente le sue riunioni religiose, o, dirò meglio, ascoltavano i suoi lunghi racconti ispirati dalle parabole del Vangelo, come ebbi modo di sentire già con la prima visita. Non immagino che cosa sperasse allora, la zia Lieta, da quella mia frequentazione. Sapeva che pativo di una sorda avversione per le funzioni religiose, che mi ero rifiutato più volte di fare la comunione e di assistere alla messa, macchiandomi così di peccato mortale.

La signorina Olga forse lo sapeva e mi aveva accolto con semplicità; e io, che avevo il gusto di ascoltare le persone che parlavano in modo affabile e chiaro, ero stato con gli altri dieci ragazzi seduto sull'erba del suo giardino a pendere dalle sue labbra. Dal suo racconto la storia di Marta e Maria, e di Lazzaro che esce dal sepolcro, non possedeva nessun accento miracoloso. Tutto, dalla visita del *rabbi* alle sue donne, alla resurrezione del defunto, si svolgeva in modo semplice e naturale, come se il risorto – che poi aveva seguito Gesù – altro non avesse fatto al mondo che aspettare quel momento.

Il *rabbi*, però, nelle parole della signorina Olga, pareva un pellegrino che ella avesse conosciuto da vicino; come si dice, un familiare col quale si scambiano sentimenti e affetti, e si ascoltano i consigli, e si siede a tavola nelle lunghe sere di primavera sotto una pergola di uva profumata; e ha il potere di sgombrare la fantasia dei cattivi pensieri prima del sonno. Era, insomma, nelle parole della signorina Olga, un giovane sapiente e generoso, ricco di semplicità, di detti affabili, di domande imbarazzanti e severe, alle quali sapeva rispondere lui solo. Quando i farisei cercavano di confonderlo era capace di replicare con una forza straordinaria di persuasione, anzi di confonderli col sorriso sulle labbra, lasciandoli senza risposta.

Dove la signorina Olga trovasse, con la voce soave, tanta fantasia da rendere facili anche i racconti più astrusi (per esempio, quello dell'iniquo fattore, che ruba al padrone) non sono riuscito a capire nemmeno più tardi; ossia devo aver subìto il fascino della femminilità, espressa dalla sua voce, anzi da tutta la sua persona. Così avevo continuato a frequentare le sue riunioni di pomeriggio in giardino, senza mai fare domande, o subirne per i miei contrasti con le funzioni e i riti della chiesa. Ascoltavo e stavo a guardarla, immagato dalla luce del suo viso, dagli occhi grigi che pareva riflettessero il verde delle piante con improvvisi baleni.

Raccontava senza stanchezza, passando da una parabola all'altra e forse sceglieva quelle che le piacevano di più, senza arrestarsi di fronte a e-nigmi improvvisi; come nel caso del digiuno del Signore nel deserto per quaranta giorni e del suo scontro con il Diavolo. La forza dell'animo è tale, diceva, per cui un *rabbi* può vivere digiunando anche più di quaranta giorni, perché il cibo del quale vive scende dal cielo non già in forma di pani ma dalla fede nel Padre che lo nutre.

Tutto questo era abbastanza difficile da capire ma lei lo raccontava con tanta grazia che pareva impossibile non piegarsi alle sue parole. Si trattava di uno slancio della fantasia, e si doveva metterlo in atto per non offenderla. Così, quando arrivò a raccontare l'episodio di Gesù che cammina sulle acque, io, per parte mia, ero persuaso che vi avesse veramente camminato; e avesse infuso a Pietro apostolo la forza di fare altrettanto.

Avevo raccontato a Silvestro di quelle riunioni durante i nostri lavori, e pareva le avesse apprezzate. Mi figuravo ancora Sabina viva, seduta sull'erba con noi ragazzi ad ascoltare la signorina Olga con un'ombra di incredulità sulle labbra e negli occhi scuri, e mi attraversava come un lampo l'idea che il *rabbi*, se fosse arrivato in tempo, l'avrebbe svegliata dalla morte. Era un'illusione insensata, nemmeno Silvestro, padre di Sabina, – con tutta la sua fede – ci avrebbe creduto. C'è, anche nella favola più irreale, una parte di verità capace di persuadere l'incredulo. Forse per questa ragione il mio affetto per la signorina Olga cresceva; e quando ci faceva entrare nell'antisala della sua casa, dov'erano preparate le bibite e i biscotti, e lei ci girava attorno affettuosa, distribuendoli – la guardavo muoversi e sorridere pieno di delizia. E pensavo, fra l'abbondanza di quei dolci e le bibite, al miracolo dei pani e dei pesci che lei forse aveva raccontato per eccitare la nostra fame pomeridiana. Era una favola felice, forse tutto il mondo per bocca della signorina Olga poteva esserlo. Nel caso estremo del dolore e della morte, Gesù era rimasto a guardare la figlia di Silvestro; e lui, solo con la sua fede smarrita, a girare per la chiesa con gli occhi fissi sul tabernacolo con la luce rossa, sedendo sul suo banco senza speranze.

C'era anche il dolore dei morti al mondo. I miracoli erano sulla bocca soave della signorina Olga, in un tempo lontano e in una terra sconosciuta. Potevo perfino supporre che nessuna sofferenza aveva mai turbato il suo viso liscio, che i suoi occhi non avevano versato lacrime come quelli di Silvestro. La figlia di Giairo, agonizzante, si era levata dal letto risanata, soltanto perché il *rabbi* l'aveva toccata. Quella era stata l'età dell'oro.

9.

In quelle settimane Silvestro, il sacrestano, stava sempre in chiesa, seduto nel banco vicino al confessionale.

Ci stava per ore, si teneva la testa fra le mani e con un cencio di fazzoletto si asciugava gli occhi. Faceva pena veder piangere un uomo così grosso, coi capelli grigi; e un pomeriggio, invece che dalla signorina Olga, andai a cercarlo, era nel suo banco, pareva non si fosse mai mosso. Preferivo parlare con lui piuttosto che ascoltare le parabole della signorina Olga.

«Dovete farvi coraggio, Silvestro – gli avevo detto, – non ricordate la predica del parroco? L'ha chiamata angela. Quale ragazza poteva essere più angela di lei?»

Non aveva risposto.

«È stata bellissima» dicevo.

«Sacranon, me la ricordo come si dice, ma mi fa più male.»

Guardava il lumino rosso vicino al tabernacolo.

«Faccio tutti i dì la comunione per la mia Sabina.»

«Fate bene.»

«Però non mi conforta.»

«Ma vi conforterà, ne sono sicuro.»

Mi pareva di ripetere le parole del parroco.

«Se avete bisogno di aiuto, posso darvi una mano.»

Non aveva risposto, ma si era alzato per salire all'altar maggiore. Toglieva i fiori appassiti dai vasi mettendoli in un secchio; poi era andato in sacrestia a prenderne di freschi. Guardava l'effetto di quei fiori gialli scendendo gli scalini, faceva una lunga genuflessione e tornava a governare i mazzi aprendoli con delicatezza.

Lo seguivo. «Siete bravo, Silvestro» gli avevo detto.

Prima che me ne andassi aveva tolto dal taschino due palanche mettendomele in mano. Così, come avessimo fatto un patto fra muti, m'ero messo a seguirlo. Sapevo i suoi orari giornalieri. Disfacevamo gli altari, cambiavamo le tovaglie inamidate, appendevamo ai pilastri i fornimenti paonazzi delle festività; o costruivamo lì per lì qualche catafalco lussuoso, coi nastri di prima classe per un ricco defunto. Veniva allora il maestro cieco Visonà a suonare le musiche di rito, arrivavano i soci della Confraternita della Penitenza che indossavano il camice bianco e la mozzetta cremisi e staccavano dalla rastrelliera le loro insegne. Poi, in fila, seguivano il parroco che andava a togliere il defunto da casa sua.

Nel momento in cui si formava la processione, i soci dicevano le preghiere per il sollievo dei peccati del trapassato. Il capofila innalzava il crocifisso guidando tutti, e loro rispondevano alle orazioni avviate dal parroco, che iterava le suppliche ed era ricevuto sulla porta della chiesa dagli assistenti. In quel momento la salma veniva benedetta, portata sul carro ed era accolta dalle trombe dell'organo. L'odore dell'incenso bruciato dava un leggero stordimento.

Quella era una grande funzione per i canti cupi che si levavano dalle bocche dei confrati, da quelle dei preti e del frate, che nel frattempo si era unito ai celebranti. Al «Libera me, domine» parevano tremare i muri, la commozione era manifesta dai singhiozzi degli astanti. Rigidi nei loro abiti neri, i parenti pareva aspettassero fremendo la fine della funzione, la consegna della salma al frate; e quando costui si avviava, e la cassa era infilata nel carro, e si muovevano i cavalli dando con gli zoccoli nei sassi, i parenti si cacciavano nelle loro carrozze. Già in chiesa gli aiutanti di Silvestro disfavano con velocità sorprendente il catafalco, piegavano i nastri, spegnevano le torce; e il capo della Confraternita della Penitenza distribuiva ai confrati l'obolo donato dai parenti del trapassato.

M'ero fatto per la contrada, anche a causa della signorina Olga, la fama di ragazzo devoto. Oramai Silvestro mi teneva davvero, domandandomi lavori lunghi e tediosi. Per fortuna l'estate, salvo qualche festa solenne, era senza funzioni. Soltanto le esequie si ripetevano; anzi venivano annunziate con anticipo.

Seguivamo, per le chiacchiere delle donne, l'agonia irrequieta di una vecchietta dalla salute di ferro, di un anziano di grande età; e si aspettavano i loro decessi delusi dalle interminabili agonie; e la gente tirava un sospiro di sollievo quando arrivava la notizia della morte.

Silvestro non si distraeva dalla sua pena. Nei giorni senza cerimonie stava al proprio banco, sia al mattino che al pomeriggio, a guardare con gli occhi acquosi il tabernacolo col lumino rosso. A volte, per farlo parlare, gli domandavo delle grandi cerimonie religiose alle quali aveva partecipato, o era entrato come semplice devoto. Lo aveva esaltato la processione notturna del Prezioso sangue di Gesù, dove aveva portato lo stendardo rosso, passando per primo lungo le strade illuminate di palloncini e pavesate di tappeti multicolori; e aveva visto da vicino la santa reliquia.

Lo avevo ascoltato in silenzio. Erano i giorni in cui pensavo che il mio lavoro con lui stava per finire. Non avrei mai immaginato, aiutando Silvestro, di guadagnare tanti nichelini. Mi aveva insegnato a sillabare il latino per rispondere alla messa con proprietà; e qualche mattina, vestito della tonaca e della cotta bianca, rispondevo anche a due messe guadagnando 50 centesimi. La chiesa era semivuota. Guardavo al tabernacolo e non voltavo mai gli occhi verso la porta del corridoio per non farmi tornare in mente Sabina seminuda, perché mi pareva un sacrilegio; e palpavo in tasca i nichelini: per la prima volta mi accorgevo di possederne tanti.

Nei primi giorni di settembre morì all'improvviso, di febbri nervine, il ragazzo Capodiferro; e mi toccò accompagnare il parroco a benedirlo. Lo vidi quasi raggomitolato nella cassetta, avvolto di seta celeste, il viso bianco, le manine come stecchi; e istintivamente mi nascosi dietro il parroco, spaventato da quelle fattezze inumane.

Silvestro aveva preparato in chiesa un trofeo imponente di nastri, di fiocchi bianchi e di fiori. Niente Confraternita della Penitenza; il ragazzo non ne aveva bisogno, ma di musiche sì, aveva bisogno. E il maestro Visonà gli suonò le più angeliche del suo repertorio. E mentre suonava io pensavo a Sabina morta, distesa sulle pietre.

Non ricordo, in quei giorni, chi mi indirizzò al negozio di «Mobili d'arte» del cavaliere Gaetano Maccà.

Mi presentai col mio abito migliore. L'uomo mi misurò quant'ero alto, volle sapere la mia età, e dopo avermi dato un paio di manate sulla spalla mi disse mi avrebbe assunto col salario di 30 lire al mese, vale a dire una lira al giorno. È giusto che questa somma sia registrata. L'orario, aggiunse, era quello di tutte le botteghe del mondo: dalle 6 alle 12 del mattino; dalle 14 alle 18 del pomeriggio.

Il negozio era un grande camerone a travi scoperte piene di ragnatele, con le finestre aperte su un bellissimo giardino.

Poco lontano c'era la Scuola serale di Disegno; e andai a iscrivermi al primo corso per il dispetto di essere stato cacciato dal ginnasio.

10

Trovato il mio lavoro nel laboratorio del cavaliere Maccà, per molti mesi andai a letto alle nove di sera. Arrivavo a casa dalla scuola serale di disegno con le ossa rotte e senza dire una parola e mangiare un boccone, correvo ad allungarmi sotto le coperte e mi addormentavo di colpo; e mi pareva di essermi appena assopito quando, alle cinque del mattino, suonava la sveglia. Era, anche quell'anno, un inverno gelido, e per non arrivare al laboratorio dopo le sei facevo la strada di corsa, e mi scaldavo le gambe; ma ero sempre l'ultimo ad arrivare sul portone semichiuso, col fiato corto e le mani intirizzite.

Per quanto avessi il passo leggero, la scala di legno scricchiolava; e già in cima mi sentivo addosso gli occhi brutti degli operai e del capo-uomini, che già masticava il primo mezzo toscano della giornata. Lo stanzone coperto di trucioli frusciava sotto i miei passi con un rumore di foglie secche. «Sempre in ritardo» borbottavano i più vicini, mentre passavo.

Detestavo quelle guardie insulse e zelanti, e arrivato al mio banco alzavo gli occhi alle travi incrociate, cariche di ragnatele, ai muri scialbati, al soffitto nero e alla stufa che fumava. Mi domandavo allora come fossi finito in mezzo a operai servili e senza immaginazione in quel granaio sporco; e per quale ragione il cavaliere Maccà, prima di farci il suo negozio, non avesse almeno spazzato i muri e le travi, tolto le ragnatele che cadevano sui banchi nei giorni di piova. Allora le gocce sui tegoli frusciavano, ed era come se quel granaio si riempisse di mosconi che volavano; e si diffondeva nell'aria il cattivo odore delle colle nelle pentole, tenute in caldo sulle piastre della stufa.

Quella di lavorare dieci ore in una bottega di mobili, fare qualche intaglio e metterci sopra due ore alla Scuola di Disegno era la galera che mi ero scelto il giorno in cui, allontanato dal ginnasio, avevo sfidato mio padre.

Gli studi umanistici non erano fatti per me, aveva detto il preside Dabalà, vecchio signore in palamidone con lo sparato e la cravattina nera a farfalla; e mio padre non aveva indagato le ragioni di quel giudizio. Mi aveva invitato a scegliermi un mestiere in un negozio cittadino: facessi il garzone in uno spaccio di tessuti, in una bottega di ferramenta, in una pasticceria, insomma dove desiderassi: purché fossi occupato come un qualsiasi operaio dalla mattina alla sera.

La scelta della bottega del cavaliere Maccà, mobili d'arte, col salario di 30 lire al mese e l'orario stabilito era una sfida. Nella piccola casa dove abitavamo, la mia alzata antelucana svegliava tutti. Correvo dal bagno, dove mi lavavo come un gatto, poi alla tavola per la merenda, tutto facendo senza riguardo per i genitori addormentati che si giravano nel letto sbuffando ai miei sconquassi. Credo mi udissero perfino saltare mentre scendevo le scale con le scarpe grosse, attraversare il cortile di sassi fino all'uscita sulla strada.

Da una mattina all'altra la mia strada si illuminava. Mure Pallamaio! Sulle cime dei tigli le prime foglie si rischiaravano, e la parete senza finestre del convento delle monache di clausura si stagliava nel cielo come uno specchio. Non passava un'anima. Uscito a porta Castello tiravo il fiato, leggevo nell'orologio pubblico l'ora e riprendevo a correre.

Occupato nella bottega di mobili d'arte, nessuno a casa si era più ricordato del mio lavoro; o forse mi guardavano come un albero storto che sta per raddrizzarsi; e nemmeno si erano sorpresi che frequentassi la Scuola serale di Disegno. In pratica i genitori mi vedevano arrivare poco dopo mezzodì, un'ora a tavola per il pranzo, dove mangiavo a testa bassa con l'avidità di un lupo. Mi sentivo dire che il diavolo non mi correva dietro, che mangiassi e masticassi con calma.

Questo è uno dei tanti guasti della mia natura. Far presto, in certi casi, voleva dire avere già scelto quello che mi premeva, cioè percorrere un'altra strada per tornare a lavorare, fermarmi davanti alle mostre del Corso, al caffè Brasile ad annusare le cascate dei chicchi in vetrina, alla libreria Rodondi e da Galla, o da Raschi dov'erano esposte le fotografie degli avvenimenti cittadini. Le ore pomeridiane non mi pesavano, anzi mi parevano corressero veloci; e quelle della Scuola di Disegno mi piacevano.

La bottega dei mobili d'arte, con una ventina tra falegnami e intagliatori, vantava una particolarità interessante. Non disponeva di un gabinetto di decenza per coloro che vi lavoravano. Ossia ne disponeva, ma soltanto per uso del cavaliere Maccà. Se gli operai avessero avuto un «bisogno urgente», andassero a soddisfarlo in campo Marzo, dove c'era un pubblico locale gratuito, a pochi passi dal caffè Moresco.

Il cavaliere Maccà non aveva mai voluto assoggettarsi alla confidenza di mettere il proprio gabinetto di decenza a disposizione degli operai. Raccomandava a ognuno di fare i propri bisogni a casa, ché ne avevano tutto il tempo; ma se proprio era indispensabile, insomma non avessero potuto farne a meno, andassero in campo Marzo.

Un giorno questa licenza fece sì che il ragazzo Cavalletto stesse lontano dal suo banco per ore e che il cavaliere Maccà ne notasse la lunga assenza. Non sapeva che il poveretto, colto da improvvisa dissenteria, era stato a lungo con le braghe in mano. Tornato a lavorare, il padrone lo aveva aggredito: «Ma quanto càghito, fiolo?» Quello, fiaccato dal malore intestinale, ne aveva denunziato i dolori con semplicità. «Riso in bianco, fiolo, se vuoi star meglio presto» aveva detto.

Quella era una bottega di mobili d'arte per modo di dire. Era un laboratorio di bestioni, che rifacevano tavoli, credenze, sedie nei diversi stili. Il cavaliere Maccà ne forniva i disegni. «Belle volute piene, grasse, sontuose – gridava. – Seicento puro deve essere.» E il capo-uomini che avrebbe dovuto sorvegliare i lavori e aveva il permesso di fumare il suo mezzo sigaro toscano, crollava la testa. «Sicuro – diceva, – l'ho tanto raccomandato, volute sontuose, ma gli uomini non studiano niente.»

«Studiare, bisogna» gridava il cavaliere Maccà; e passava fra i banchi spiando con l'occhio fiscale i lavori in corso. «Voi non avete mai visto una vera sedia del Settecento, elegante, snella, rifinita. Non è mica per una matrona da un quintale.»

«Mettiti in testa un berrettuzzo di carta – mi ingiungeva il cavaliere Maccà, – non capisci che quando abbassi la testa sul lavoro pare che tu apra l'ombrello? Fatti tagliare i capelli.»

Arrivò la fine del mese, il padrone doveva pagare il salario ai suoi uomini ed era di cattivo umore. Si trattava di un dovere da compiere singolarmente, con l'aggiunta di una predica come Salvatore ebbe a notare, a seconda della bravura dell'artigiano, insomma una commedia riassuntiva degli esiti del lavoro mensile.

Stava, il cavaliere Maccà, nel suo studiolo con bei pacchi di denaro sulla scrivania e una coppa di legno piena di monetine. Aveva già preparata la lista dei salari che doveva pagare. Nessuno sapeva con quale criterio avesse deciso i compensi mensili. Usava a stabilirli un suo modo cervellotico, anzi un giudizio di merito forse corretto dal capo-uomini.

«Lungo sei, quando lavori – diceva a un falegname anziano, – lungo come l'anno della fame.»

E costui: «Il mio è un lavoro delicato.»

«Delicate sono le tette delle verginelle» sentenziava allungandogli il denaro.

E a un altro: «La contessa Valmarana ha urgenza di avere il suo stipo. Quando lo finisci?»

Quello stava là cogitabondo, non voleva pronunciarsi.

«Non pensi mica alla battaglia di Marengo – diceva il cavaliere Maccà, – sai, lo schieramento delle truppe, la posizione dei cannoni!»

La sfilata delle maestranze poteva durare un'ora. Per tutti il padrone aveva un discorso da fare, una raccomandazione, un consiglio, una minaccia; e nel profluvio delle parole ci metteva la crisi del momento, i clienti che pagavano poco, male e in ritardo, come se lui potesse far crediti senza interessi come un istituto di beneficenza.

Ero entrato nello studiolo del cavaliere Maccà. Con incredibile sveltezza pescava fra i suoi biglietti, mi consegnava trenta lire. Io continuavo a sfogliarle. «Te ne ho date di più?» domandava lui con falsa apprensione.

«Non credo – rispondevo, – facevo il conto e pensavo che con questi denari potrei comprarmi, per un mese, mezzo chilo di pane al giorno. Morirei di fame.»

«Anche una salsiccia e un pezzo di pane al dì potresti – diceva lui, – o cinque uova. Hai visto che costano 20 centesimi l'una? Credi che non vivresti da papa con cinque uova al dì? La vostra mania è che volete mangiare pane, solo pane.»

«Credevo che lei fosse un signore generoso, come dicono in giro» borbottavo.

«Ah, dicono così? Beh, tu rispondigli che sono

avaro, che faccio i conti tutti i dì che il Signore manda.» Aveva pescato nella coppa delle monetine. «Queste due lire sono di mancia – diceva allungandomele – e salutami tuo padre.»

Me n'ero andato con quel saluto improvviso, pensando che i due artisti dovevano praticarsi e magari stimarsi. Certo avevano in grande considerazione le discipline severe, capaci di raddrizzare i giovani che stavano crescendo come piante storte. Eppure quello di tagliare legni non era un mestiere antipatico. I legni erano puliti, sapevano un buon odore. Intollerabile era quel granaio nero e l'orario di lavoro, doversi alzare alle cinque del mattino, uscire al gelo delle strade, arrivare sulla porta del laboratorio in ritardo e farsi dare del poltrone dal capo-uomini. Scegliere quel lavoro e quell'orario era stata sicuramente una sfida fra me e mio padre; e la sfida l'avrei vinta io, che mi levavo a ore antelucane. Sarebbe durata quel tanto che era indispensabile a fargli capire che possedevo la schiena dura, ma che nessuno poteva obbligarmi a stare in quel laboratorio un'ora di più di quelle che avevo stabilito.

Le litanie a essere umiliati possono provocare nella fantasia delle salutari ribellioni; e io non dovevo dimenticare nemmeno nei giorni di primavera o d'estate (quando l'alzata all'alba diventava leggera), che l'inverno sarebbe tornato. Del resto nel laboratorio del cavaliere Maccà non si imparava nulla di divertente. Il lavoro ripetitivo si intricava di noia, che la Scuola serale di Disegno – coi suoi fogli dedicati alla geometria piana e proiettiva – non rendeva leggera. D'altra parte, dopo più di un anno di apprendistato, il signor Maccà continuava a largirmi il salario di trenta lire mensili. Questa mi pareva un'offesa; e venne l'occasione di dirglielo il giorno in cui mi aveva messo in mano, senza la mancia, i soliti tre foglietti da dieci lire.

Gli domandai se il salario gli pareva giusto e non meritassi qualche lira di più. Andò in collera e levò la voce come avessi tentato di strangolarlo. Non so come trovai la forza di ridere dei suoi urli; e poiché parlava sempre del costo dei generi alimentari gli replicai che l'olio costava sei lire il litro e la carne otto lire il chilo; e che non potevo sempre mangiar carrube e castagne secche. Ricordo di avergli nominato altri prezzi circa il commercio dei generi alimentari, specie per il vino buono; e fu allora che mi replicò, con una competenza da lasciarmi di stucco, che cosa costasse un buon cavallo da campagna, o un bue da macello a peso vivo e a peso morto. Quanto alla polenta ce n'erano di qualità diverse; e quella veronese grossa e granita, andava a lire una e venti il chilo; e il riso vialone a quasi una lira. Se poi – parlando di prezzi si era calmato – avessi voluto acquistare una buona bicicletta di seconda mano potevo averla a duecentocinquanta lire; ma non dimenticassi che un comune impiegato di banca percepiva un salario mensile di centoventi lire. Centoventi ripeteva, dopo aver fatto la gavetta come si deve: che era un linguaggio di stile militare. Che gavetta credevo di aver fatto? Mi domandò brusco quanti anni avessi. Quattordici, avevo risposto dilatando un po' l'età. Aggiunse allora che ero magro come un chiodo e che dovevo mettere un po' di polpa attorno alle ossa per lavorare meglio. A quel punto mi era scappato detto che, col salario che mi pagava, non sarei mai ingrassato.

Allora gli tornò un eccesso di collera, in fondo al quale trovò il modo di licenziarmi con una frase da cuoco: «Se sei stufo di questa minestra, butta via il piatto.»

E lo buttai, infatti, immediatamente.

11

La sola persona a essere informata della mia alzata di testa con quell'orsaccio del cavaliere Gaetano Maccà, era stato il signor Giovanni.

Come avesse saputo del mio contegno, anzi conosciuto il nostro dialogo ingrandito dalla prosopopea del padrone, non riuscii a sapere; ma il fatto è che dal diluvio di parole del cavaliere Maccà io non ne venivo fuori spiacciccato come una frittella;

anzi parve al signor Giovanni, che intuiva i fatti dietro alle parole, come persona di carattere. Secondo lui ogni uomo deve cercare di far valere i propri diritti. Così, infatti, era stato. La strada per ottenerli, diceva, forse sarebbe stata lunga; ma dovevo tenere a mente che l'uomo può essere operaio, non schiavo di un capo di azienda.

Per questa ragione avevo ripreso a frequentare la sua gran casa. A quel tempo zia Lieta era andata in ritiro da certe suore Orsoline per fare gli esercizi spirituali e respirare le buone arie delle colline sotto il Grappa; ed era venuta da Villabalzana, ad accudire la casa, l'Ofelia, vecchia governante che si dava un gran daffare a mettere ordine nelle stanze trascurate dalla zia, persa nei suoi pensieri religiosi. Oramai non suonava più il pianoforte. Immersa nelle sue letture mistiche, si occupava semmai dei poveri della parrocchia, dell'assistenza ai malati e delle pratiche chiesastiche. Avevo sentito raccontare queste novità dall'Ofelia. Il signor Giovanni lasciava che seguisse la sua vocazione senza dire una parola.

La mia vita non era cambiata. Cambiata era l'azienda dove lavoravo.

Chiusa per le vacanze la Scuola di Disegno, arrivavo a casa del signor Giovanni col cielo chiaro, che voltava all'estate. Mia madre e mio padre non avevano detto nulla del cambio con la nuova bottega, oramai erano abituati ai miei estri. Il vecchio, invece, era felice di vedermi: lui, dopo cena, leggeva i suoi quotidiani, io un libro tolto dalla sua bibliotechina: *La camicia rossa* di Alberto Mario.

Ogni tanto scambiavamo qualche parola. Al solito lui stava ad ascoltare le mie avventure nella nuova bottega di mobili dei «Tre soci» e crollava la testa. Una volta sola aveva detto che nemmeno quella gli pareva fatta per me. I «Tre soci», amici di mio padre, non erano maestri raccomandabili. Da loro avrei imparato soltanto a piegare la schiena, peggio che dal cavaliere Maccà; però se avessi avuto pazienza, l'occasione fortunata non poteva mancarmi. Dovevo tenere gli occhi aperti, guardarmi intorno e non dimenticare nulla di quello che mi era toccato e le durezze che mi sarebbero venute.

Il discorso pareva fermarsi qui; ed ebbe invece, quella sera, un seguito inaspettato e nuovo. Lentamente, con voce senza inflessioni, diceva che io ero il primo nato dai suoi figlioli, e che si aspettava da me, anche senza le scuole, una riuscita brillante. Non mi mancava il carattere. Gli dispiaceva soltanto non potermi aiutare con una buona eredità, come il conte Alfieri, – e mi faceva con la mano il cenno di non interromperlo – perché immaginava che sarei riuscito a usarla con criterio.

Aveva avuto, nella vita, delle dure traversie: travolta la segheria dei legnami dalla piena del 1892, bruciato l'*Albergo Adriatico* e la casa di Recoaro, dissipato per gli imbrogli di suo cognato l'*Hotel Tre corone*. Se non gli fosse venuta l'idea del *Teatrino della torre di Londra*, che aveva poi venduto, non gli sarebbe rimasta la rendita per campare. Dunque nessuna eredità; ma era sicuro che l'eredità sarebbe stata per me una palla di piombo al piede.

Anche lui aveva cominciato senza mezzi. Gli risposi che non volevo possedere nulla e che la sua eredità non aveva sfiorato la mia mente.

Era stata una delle poche volte che lo avevo visto sorridere.

Quelle, passate con lui, erano state sere di una stagione incantevole. Uscivamo di casa, salivamo a monte Berico per le lunghe scalette, arrivavamo sul piazzale dove spirava una bella brezza. Di fronte al baluardo delle montagne, dal Baffelan al Grappa, diceva: «Te li ricordi i fuochi dei cannoni, il rombo di notte?»

Sicuro che me li ricordavo! Ma ricordavo meglio la fuga in treno, il viaggio lunghissimo da Vicenza a Genova, dall'alba al tramonto. «In quei giorni – diceva il signor Giovanni – abbiamo venduto cinque quintali di rame per duemila lire. Tutti i fornimenti della casa, portati da Recoaro. Bisognava essere preparati per i dì in cui fossero arrivati i tedeschi. Per fortuna i nostri li hanno fermati prima.»

Alla sera leggevo estasiato *Il conte di Montecristo*.

Prima che tornassi malinconicamente a vivere coi genitori – era la fine di settembre – arrivò zia Lieta dai suoi esercizi spirituali. L'aria delle colline doveva averle fatto bene perché aveva la pelle del viso morata e gli occhi vivi. Uscì allora dalla sua stanza anche Ofelia, ridente per quel ritorno. La zia pizzicava con la forchetta il riso bianco col burro, appena un pugno nel piatto. L'appetito non le era tornato.

Quando tornai a casa mia con la roba nel sacco, mia madre batté le mani. Mai aveva visto la mia biancheria pulita e stirata dalle mani dell'Ofelia. Nessuno mi fece festa come per un bel ritorno. Così ripresi il lavoro dai «Tre soci». Dicevano che parevo un cane bastonato.

12

Prima di essere chiamato a lavorare senza salario nella bottega di scultori di mio padre, avevo fatto effettivamente – di mia iniziativa – un nuovo esperimento: tanto da prendere per il verso sinistro la *Vita* dell'Alfieri e godere del giudizio del preside Dabalà; o meglio per capire com'erano fatti i padroni di certi negozi in fama di sopraffini, e se ci si imparasse qualche cosa di nuovo a proposito di legni intagliati.

L'orario giornaliero di lavoro nella bottega dei «Tre soci» era di otto e non di dieci ore; e forse le due risparmiate mi avrebbero permesso di dormire di più, di levarmi dal letto riposato, di fantasticare per le strade cercando qualche mestiere fortunato.

Che cosa strolegassi allora nella mia testa stranita non ricordo; eppure, per averla nelle nuvole fino a quel segno, qualche cosa di interessante doveva girarci.

Uscito dal portone del laboratorio del cavaliere Maccà, ero passato in quello raffinato dei «Tre soci», dove – dicevano – gli apprendisti erano tenuti in palma di mano; ma il salario mensile non aumentò di una lira, e il lavoro diventò più sciocco e faticoso. Anzi il socio amministratore – un tipo segaligno, rosso di capelli – continuava a predicare che i giovani dovevano conoscere a menadito il magazzino dei legnami, spostare le tavole quando fosse utile, portarle ai banchi di lavoro. Con le strofe di questo salmo voleva dire che il giorno in cui fosse stato necessario trasportare dal deposito fuori le mura al laboratorio alcune tavole di pregio – noce, pero, ciliegio – avrei dovuto attaccarmi al carrettino, andarci con altri due apprendisti, e portare le tavole al laboratorio.

Così fu, infatti.

Questo servizio di asini stracarichi, che si ripeteva oramai ogni settimana, non poteva durare senza diversivi.

C'era, lungo le mura in mezzo a un orto ricco di piante, una botteguccia di falegname vuota; e un ometto affabile e accestito in viso era sulla porta e sembrava non avesse nulla da fare. Stava, immancabilmente, seduto in una sua grande caregona, ci salutava con la mano e ci lanciava qualche parola.

Una volta ci fermammo fuori dell'orto per capire bene che cosa dicesse.

Quello, alzatosi, ci venne incontro e disse con voce pietosa che il peso di tutto quel legname gli pareva eccessivo per le nostre forze; e ci invitò a scaricare un paio di grosse tavole di pero e posarle al muro. Nessuno le avrebbe toccate. Insomma le avremmo riprese ripassando alla prima occasione. Non gli pareva giusto che ce ne andassimo così sfiniti, mica eravamo delle bestie.

Quel riconoscimento ci parve una giusta sentenza; e così gli lasciammo due grosse tavole di pero; anzi gliele posammo sotto una tettoia.

Il falegname pareva conoscesse i nostri orari perché, immancabilmente, si faceva trovare sulle porte; anzi aveva spostato il suo caregone sotto le piante del suo orto per vederci da lontano; e sventolava subito un suo fazzolettone rosso in segno di saluto.

Tornava a deplorare che avessimo caricato il carrettuolo fino a quel punto; e dopo averlo scrutato con l'occhio fiscale ci lasciava andare col nostro carico senza aver domandato nulla; né noi a lui, perché ci pareva uno sproposito che restituisse le due tavole di pero; anzi, altre volte scaricammo nel suo orto tre belle tavole di noce nostrano e un massello di ciliegio; e via via, altro legname. Ci pareva un uomo di costumi caritativi, capace, per quello che capivamo, di farci posare le tavole più pesanti.

Una volta ci regalò cinque lire col patto che non lo dicessimo a nessuno; e aggiungeva quanto fosse ingiusto che dei ragazzi facessero una fatica così grande senza la minima aggiunta sul salario.

Fu proprio quella volta, arrivando col carrettino, che protestai con l'amministratore dei «Tre soci» per la fatica. Mi replicò che non mi dessi delle arie da grande di Spagna. Risposi che quella, almeno per me, sarebbe stata l'ultima volta in cui mi prestavo a trasportare legnami. La risposta dovette dargli molto fastidio perché cambiò materiali da trasportare; e una volta si trattò di caricare molti volumi nobili, coperti di polvere, altri ancora accessori, cinghie, mole rotonde.

Il falegname che ci vedeva passare crollava il capo in segno di dissenso, e dopo aver adocchiato la roba sul carrettino tornava al suo caregone. Qualche mese dopo avevo saputo dal signor Giovanni che i miei genitori, in visita ad amici lungo il nostro percorso, ci avevano visto (senza essere notati) fare quel trasporto: eravamo i soliti tre attaccati alle stanghe. Mia madre aveva protestato. Non gli sembrava, aveva detto, che quella di tirare il carrettuolo fosse una scuola dove avrei imparato qualche cosa.

Mio padre, che conosceva bene i «Tre soci», non fece in tempo a intervenire perché, nel frattempo, avevo cambiato lavoro.

Ero stato assunto nella bottega di scultori fuori porta, guidata da un padrone affabile. Lui stesso, scultore da nulla, si spiegava benissimo modellando certi suoi pupazzetti che i suoi aiutanti dovevano tradurre in belle statue di pietra. Aveva un amore spiccato per i giardini con i grandi alberi e le radure erbose. Qui dovevano apparire queste sue deità di pietra bianca, eroi di miti antichi.

Guardava il lavoro dei suoi collaboratori e sorrideva, o addirittura rideva di una sua idea felicemente intuita dall'aiuto. Manipolava la creta come un ragazzo che gioca, e lasciava la figurina e l'animale seccare sul trespolo. Era, insomma, un uomo che si divertiva a lavorare, malgrado il pancione che portava in giro con disinvolta fatica; e che pagava con giustizia gli artisti e gli operai, con il codazzo degli apprendisti.

A me, che non avevo mai toccato la pietra, pagò una settimana di lavoro quello che il grande Maccà mi corrispondeva per un mese. E lo aumentava, di settimana in settimana con dei premi. Così, in qualche mese riuscii a mettere da parte tanto denaro da comperarmi una bicicletta di seconda mano per centottanta lire. Era il culmine dell'emancipazione. A quel tempo l'orario di lavoro in tutte le botteghe era stato ridotto a otto ore giornaliere, e il pomeriggio del sabato andavo, con la sezione marinara degli esploratori, a remare nel Bacchiglione.

Alla Scuola di Disegno avevo intanto avviato alcuni traffici coi ceramisti, mi ero impratichito di colori e soprattutto dei diversi tipi di crete; e già modellavo di mio qualche pupazzo allampanato, che i fornaciai mi cuocevano nelle loro muffole nella bottega del Francese. Non era commedia quella che facevano prima di accendere il fuoco nel fornello. Si inginocchiavano nella cenere e pregavano il loro santo protettore spropositando latino e italiano; poi, quasi con rassegnazione, accendevano la legna piccola e le fiamme cominciavano a ronfare nella canna fumaria.

13

Mio padre, che mi aveva tirato a lavorare senza salario nella sua bottega di scultori lasciandomi a tasche vuote, aveva parlato con mia madre e con suo padre, il signor Giovanni, di un incontro avvenuto col podestà; ma lo seppi molto tardi, quando decise di raccontare quella disavventura che lo tagliava fuori dai lavori anche più innocui e senza segni politici.

Pareva che il regime avesse sparso i suoi fumi velenosi un po' dappertutto, perfino fra i preti di campagna. Non era così; ma i veleni che lo intossicavano, con rifiuti e curiose vessazioni, dovevano dar fuori i sintomi con una rabbia inaspettata facendolo spesso infuriare.

Ironizzava anche su argomenti ingenui, sui ceramisti bigotti e sui miei pupi gotici; e domandava sarcastico dove mai ne avessi visti di simili: in qualche teatro di marionette, al tiro ai testoni o in qualche edicola di campagna; e ne rifaceva alcuni, grandi come un uovo, pizzicando la creta con le sue manone; e gli piantava in testa un cappelluzzo, un tricorno, un elmo. Poi, perché mi servissero da esempio, drizzava i suoi pupi su piccole aste di ferro come fossero delle picche.

Domandava mio padre se i fornaciai della Scuola ridevano delle mie dita di legno. Rispondevo che non davano giudizi sulle dita e che facevano il loro mestiere con rispetto. Le mie dita erano quelle che erano, e i pupi anche. Non parlavano («ah, le coglionate, se i pupi avessero parlato!»), insomma, non disturbavano nessuno.

In quell'estate (idealmente burrascosa in tutti i sensi) andavo tutti i dì a modellarne qualcuno, nelle prime ore pomeridiane, quando gli altri schiacciavano il loro sonnellino; sicché nessuno (nemmeno il Moro, che dormiva in un angolo, su due tavole) vedeva le mie dita muoversi come punteruoli. Dopo un paio d'ore coprivo il mio pupo con un panno umido per tener fresca la creta.

Il pupino canzonatorio, modellato ironicamente da mio padre, era rimasto a seccare sul trespolo. Ci avrebbe pensato lui a toglierlo dalla vista gettandolo dispettosamente nel barile della creta. Non volevo supponesse che l'avermi messo in berta mi aveva offeso.

Alla fine dell'estate, malgrado le burrasche familiari, allineavo sette o otto sciocchini. Tra questi c'era la bambina col berrettuzzo di carta, un fraticello, un san Vincenzo e la ragazzola con la folta capellatura. Gli altri li avevo gettati nella botte della creta.

Un giorno d'agosto venne a Vicenza a trovarci Filippo Sacchi e mi comperò la bambina col berrettuzzo di carta per cento lire. Allora mi parve da stranio che un amico di mio padre pagasse cento lire la testina e non dicesse che gli pareva fatta con le dita di legno. Quello che disse mi parve anzi una sentenza gettata come un secchio d'acqua sui pareri acerbi di quei mesi.

La ragazzola con la folta capellatura era finita in una pesca di beneficenza.

Venne il momento in cui, per la sommarietà di certi tratti plastici dei miei lavori, mio padre andò dicendo che modellavo come un troglodita; e scoppiando in una risata un giorno aveva spifferato di aver scoperto – chiamiamole così – le fonti della mia ispirazione. Erano i teatrini, i rilievi, i busti modellati da Arturo Martini, pazzo geniale da non imitare; perché gli imitatori sono ridicoli. Si apprezza in arte la pazzia autentica e non quella affatturata e banale delle scimmie.

Mi pareva di essere tornato al ginnasio, con un nuovo professore Infocato di un altro fuoco, bravo ad attizzarlo a ogni occasione. Salvo che mio padre, dopo aver lanciato le sue sentenze, non mi consegnava una pagella con i voti. Così le strofe dei suoi salmi sapienziali andavano per l'aria come le farfalle.

Una domenica, quando misi in piedi la bambina nuda che giocava a moscacieca (una figura terzina), mio padre dovette avere una specie di sussulto. Girò attorno alla scultura squadrandola dall'alto in basso con attenzione divertita e quasi rabbiosa.

«Forse ci siamo – aveva detto con voce contrita – il passo è naturale e anche la mossa delle braccia. Non tormentarla, lasciala così di getto, altrimenti la rovini.»

Non gli credetti, ed ebbi torto: più lavoravo il nudo e più diventava bolso.

«Lasciala stare, lascia che si riposi – diceva, – ti ci stacchi per una settimana, e ci torni sopra con le idee fresche.»

Non so se quella figurina che giocava a mosca-cieca ci mise in pace. Lui era sempre acceso di critiche, irritato delle mie dita di legno; e continuava a modellare i suoi pupini grotteschi, che infilava nelle picche come libelli nei confronti della mia ignoranza.

Li modellava con una rapidità e un'ironia straordinarie. Un giorno gli dissi che ognuna di quelle testine avrebbe dovuto avere il suo nome. Guardandole con attenzione vi avevo riconosciuto persone vive, e non mi era sfuggito il ritratto di Orso, del facoltoso Tullio Fortunato, e dell'orefice Morbin e di altri che tacevo, perché storpiati in modo ridicolo. Fra questi c'era un ritrattino di un avvocato, con la barbetta a punta, famoso in città per le sue cariche.

Si era messo a ridere. Sicuro, lui rifaceva i miei pupi non già di fantasia, ma pensando a persone vere e vive. Questo si doveva fare se si voleva che i pupi avessero un senso. Martini era un pazzo geniale. Non era a lui che bisognava guardare, ma alla verità che cammina per la strada e se ne va per i suoi mestieri; guardarla bene, non per rifarla, ma inventarla in creta di sana pianta.

La vita, la verità; però era necessario un punto di orientamento: non dicevo una scuola, dei modelli veri: dicevo un esempio nuovo e più grande che scompigliasse le fantasie della vita. Mi pareva di intravvederne alcune intorno a me, ma non riuscivo a fermarle.

In altri tempi – disponendo di valsente –, forse mio padre mi avrebbe mandato a fare qualche viaggio in giro per vedere l'Italia; e vedendo il mondo sarei riuscito a districarmi dai dubbi.

Era stato il cinema, a mettere un punto fermo alle fantasticherie. Il viaggio per il mondo era cominciato il giorno in cui, sul telone bianco, era apparsa la prateria del West americano, dove le figure si muovevano, cavalli e bufali correvano sull'erba, le case di legno erano semplici, le insegne dipinte senza eleganza. In quegli spazi sterminati gli uomini vivevano senza comodità; e l'unico ritrovo era il grande *saloon* dal lungo banco, dove scivolavano bicchieri, o il tavolo da gioco dove sedevano i bari che pelavano i galantuomini.

Avevo visto l'epopea della corsa all'oro, quella della ferrovia che traversava le distese coltivate, delle piste delle diligenze sulle quali correvano per intere giornate.

I costumi di quel mondo erano semplici e i castighi per i disonesti esemplari. Niente processi. Il colpevole riconosciuto era appeso al ramo di un albero, ucciso a revolverate nella strada principale del villaggio. Nascevano i paesi, in pochi anni diventavano città affollate.

Era un mondo di case in legno, di una civiltà naturale, in un teatro immenso di terre e di boschi, di montagne, di fiumi meravigliosi. Le bufere che si abbattevano sui campi e sugli alberi erano grandiose.

Infinite parevano le storie che si svolgevano in quel mondo. La guerra sembrava impossibile; eppure anche negli Stati Uniti i soldati del nord avevano combattutto per la liberazione degli schiavi negri – quelli del sud in modo feroce. Né più né meno come gli antichi romani per il possesso di regioni da costumare con un senso di giustizia nuovo, dove la schiavitù fosse riscattata per veri meriti; ma anche contro le tribù dei pellirossa, depredati in modo infame delle loro ricchezze e corrotti dall'alcool.

Soltanto qualche povero giovane disarmato era riuscito a vincere la battaglia per la vita; il signor *Max, domatore per amore*, non solo aveva dato spettacolo di grande acrobata, dondolandosi su quattro tavolini l'uno sull'altro, ma era riuscito a far saltare le pulci nel trapezio. Tacevo poi dell'omino in bombetta, che andava a giustar finestre accompagnato dal bambino che rompe i vetri. Così sbarcavano il lunario.

Ora l'immaginazione girava velocemente. Mentre mio padre e mia madre andavano al teatro

Verdi ad ascoltare le commedie recitate dalle compagnie di giro, *La morte civile*, o *Come le foglie*; e si erano deliziati al sentire l'opera *Andrea Chenier*, io correvo a vedere per la terza volta *La febbre dell'oro* di Charlie Chaplin.

Le nostre inclinazioni, i gusti, le predilezioni di casa finivano per dividerci. Voglio dire che le mie dita dure, i pupazzi, insomma la fantasia, nascevano da un'altra curiosità di conoscere il mondo. Bello o brutto che fosse, era tuttavia diverso dal precedente; e in nessun modo avrei potuto barattarlo.

La Scuola di Disegno, riaperta quell'anno, si era emancipata.

Ora veniva a posare, nella sala dei corsi superiori, un giovane ginnasta, e si facevano dei disegni veloci. Poi la musica era cambiata: erano arrivati dei vecchiotti, tipi di santoni, che ciccavano e sputavano e sagravano che era una bellezza. Niente modelle. Le aule erano inadatte a un lavoro discreto. Passavano per il corridoio i ragazzi del primo corso, e avrebbero spiato le donne nude per il buco della serratura.

Noi ridevamo di quei ridicoli scrupoli. I ragazzi forse non erano ancora uomini e venivano quasi tutti dalla campagna; e il segretario della Scuola di Disegno – che avrebbe giudicato un grave peccato spiare le donne nude per il buco della serratura – non aveva mai ascoltato i loro discorsi.

I campagnoli sapevano tutto quello che un giovane deve sapere. Quando uno di loro, aiutando suo padre, aveva portato il toro alla monta della vaccherella, che cosa poi avrebbe dovuto imparare?

14

L'avvocato Franceschini cumulava, in quegli anni, due cariche: quella di segretario federale del fascio e di podestà; ma aveva usato a mio padre la finezza di invitarlo a uno scambio di idee scrivendo di suo pugno con la carta intestata del Comune; e mio padre, vestito in modo impeccabile, era andato a quell'incontro col fiato sospeso. Doveva essersi fatto alcune ipotesi per quella chiamata, domande insidiose e risposte senza trucchi, perché – quand'era uscito di casa – aveva il viso spianato come uno che va sul sicuro.

Il podestà lo aveva ricevuto subito con un gran sorriso, in piedi dietro la scrivania, allungandogli la manina gentile, aprendo il discorso senza preamboli. Diceva d'aver sentito il dovere di congratularsi con l'artista per i suoi lavori patriottici.

Finalmente li aveva veduti in un pellegrinaggio compiuto in testa ai combattenti attraversando le piazze dei paesi delle Prealpi: e ne descriveva qualcuno con la retorica facile degli avvocati abituati a parlare. Desiderava far sapere all'artista quanto avesse apprezzato le opere che aveva visto con sincera ammirazione. I monumenti ai caduti, qualche volta, possono cedere al virtuosismo dell'oratoria e invecchiare subito. Invece quelli «dell'esimio concittadino» conservavano una freschezza e una compostezza singolare.

Era quello, pensava mio padre – che poi riferì tante volte quel dialogo fra sordi – lo zucchero per addolcire la bocca; e vi aggiunse un po' di miele per legargli la lingua. Poi, all'improvviso, cambiando tono: «Lei, tuttavia, non è dei nostri, professore – seguitava in un tono vagamente deluso, – non fa parte del gruppo dei migliori. Ne sono rimasto colpito.»

Mio padre era andato diritto alla risposta. «Io speravo, avvocato, che lei conoscesse le mie idee. Voglio dire, in privato e in pubblico, non le ho mai nascoste. Per poco che conti in città...»

«Professore, vorrei risponderle che nessuna idea può essere tanto forte da risultare inamovibile; dirò meglio da restare ferma davanti al contrasto con altre idee. Potrei citarle subito, ma le conosce senz'altro, quelle che guidarono gli inizi politici del nostro primo ministro, capo del governo...»

Il tono quasi affabile con cui l'avvocato aveva risposto aveva freddato l'interlocutore, che contava su una conversazione magari difficile ma senza le asperità delle belle forme. Rispose subito: «Certo che le conosco, ne abbiamo discusso per settimane fra compagni e amici. Lasciamo stare i conflitti fra le vostre squadre e i nostri, le responsabilità o le colpe sono sempre di tutte e due le parti. Oramai è acqua passata. Ma quello che non abbiamo mai condiviso è stato il modo con cui è stato liquidato lo stato liberale, il diritto di opinione, la stampa libera e le nostre associazioni. L'uomo, ha scritto Rousseau, nasce libero e l'unica cosa savia che può fare è l'azione che può liberarlo dalle catene che lo costringono a una vita di servitù contro il diritto naturale. La società deve sciogliergli le mani e i piedi con cui lo tiene legato.»

L'avvocato, che aveva ascoltato l'esordio senza battere ciglio, avviava la risposta accattivante. «Avete citato Rousseau – rispondeva, – io potrei replicarvi più realisticamente che dovevano, nel nostro paese, finire i disordini nati nel dopoguerra, se si voleva restituire alla nostra patria un assetto civile. Una nazione non può vivere in istato di perpetuo conflitto. Ci voleva il polso duro per frenare le assurdità bolsceviche che i comunisti e i socialisti andavano manifestando. Bisognava realizzare la riconversione delle aziende, sanare i danni delle nostre terre martoriate, ricostruire strade, paesi, città. Insomma bisognava – come dire? – ricominciare daccapo. Dovevamo quindi, in principio, ritrovare la calma degli animi. Ci siamo rimboccati le maniche...»

«...non contesto, ma, un certo giorno, avete chiusa anche l'ultima bocca dell'opposizione, ammazzando un nostro uomo come un ladro da strada.»

«Succede sempre, nei rivolgimenti politici, qualche incidente grave, capace di turbare gli animi – diceva l'avvocato con una strana flemma, – in politica anche gli incidenti più clamorosi vanno visti a distanza, apprezzati nei loro risultati.»

«Ah!» aveva risposto mio padre con un'esclamazione rumorosa, dalla quale l'avvocato aveva intuito d'averla detta grossa. Era corso ai ripari.

«Volevo dire che la patria, purtroppo, ha bisogno di queste vittime per misurare la grandezza dei fatti che si andranno maturando. In fondo, se ci pensate, Luigi XVI, ha reso grande la Francia con la sua morte sulla ghigliottina.»

La conversazione, a parere di mio padre, cominciava a diventare troppo solenne e farraginosa per essere sostenuta e riportata su binari normali. Che cosa c'entrava quel re, irrisoluto e pavido, con i poveri argomenti che stavano trattando? Quante morti illustri avrebbe potuto contare? Un re iniquo non può essere paragonato a un uomo di fede, che tenta di difendere il proprio paese dalle ingiustizie.

Anche l'avvocato si era accorto che stava divagando e tentò di riportare la conversazione sull'argomento che gli interessava. «Non disturbiamo morti illustri – aveva detto, – non servono alla nostra conversazione. Dunque le ragioni della sua, chiamamola così – perché bisogna avere il coraggio delle definizioni – avversione al nostro partito trova i suoi motivi di fondo nella perdita delle libertà. Ho detto giusto?»

Ugo aveva raccontato che, a questo punto, la conversazione gli sembrava conclusa. Ma non voleva rinunciare ancora a qualche idea; e magari gliene fosse venuta in mente una di avvelenata, tale da ferire l'interlocutore. Invece scelse, ipocritamente, quella di compromesso: «Mi pare, avvocato, di aver letto in qualche libro una frase fatta apposta per noi. Quella frase, quella sentenza, dice "Chi non è con noi, non è contro di noi".»

L'avvocato, fulmineamente aveva replicato. «No, professore. Quella frase, per noi, dice esattamente: "Chi non è con noi è contro di noi".»

Arrivati al luogo comune, mio padre doveva aver perduto ogni ritegno, perché rispondeva: «Certo, avete ragione.»

«Volevate mettere un empiastro sulla ferita – diceva drammaticamente l'avvocato. – Non mi avete detto che avreste riflettuto sulla mia proposta di entrare a far parte del nostro partito, che domandavate tempo per decidere. Di solito l'uomo, di fronte a un evento decisivo per la sua vita, suppone che la soluzione migliore sia quella di riflettere.»

«A quale evento decisivo si riferisce?»

L'avvocato era rimasto sorpreso a guardare mio padre. Poi, riprendendo a parlare aveva detto: «Me lo domandate anche! Avete capito che il potere è nelle nostre mani e che nessuno può togliercelo; che lo amministreremo con fermezza mettendolo in mano dei nostri fedeli; che a loro soltanto ci affideremo. La scelta sarà inflessibile, caro professore.»

Mio padre aveva capito che era arrivato il momento di alzarsi per levarsi di torno quel tafano; e lo aveva fatto. Allora l'avvocato, girando intorno alla scrivania, era andato incontro al suo interlocutore. Forse non aveva l'intenzione di fare un ultimo tentativo per rimuovere quel macigno; ma non voleva lasciare il suo uomo corrucciato e negativo. «Non volete ripensarci?» diceva a voce bassa allungando la manina.

«Suppongo che ci ripenserò per molto tempo – aveva risposto mio padre, – questi non sono incontri che si cancellano. Mi dica: come farò, alla mia età, cambiare la mia coscienza, renderla un sepolcro imbiancato?»

Anche mio padre, nell'accommiatarsi, aveva trovato la sua letteratura, il suo luogo comune evangelico. Più offensivo di quello non poteva scegliere.

15

Quando Andrea Solveni, scultore e anarchico, venne nella nostra bottega a domandare a mio padre un po' di posto per scolpire la sua santa Lucia con gli occhi nella coppetta delle fragole, nello stanzone c'era sempre il Moro a tagliare nella pietra le sue scimmiette. Era ottobre, faceva già un freddo cane, ma Solveni si era stretto nelle spalle. Evidentemente cercava un luogo riparato dove vi fossero gli amici che non cominciassero a inquisire sulla sua gioventù, sulle galere che aveva frequentato, sui delitti ai quali non aveva preso parte.

Era un anarchico di idee e detestava le violenze dei suoi compagni. Aveva capito, alla fine della grande guerra, che le bombe non servivano affatto a raddrizzare la vita e le fortune dei poveri.

Non era vero che fosse uno scultore da nulla; o che, comunque, avesse detto la verità solo quando aveva issato, nella lunetta neogotica della chiesa di santa Corona, il suo «Cristo schiaffeggiato dai soldati». Nessuno a Vicenza sapeva chi lo avesse scolpito. Nessuna guida per la città lo aveva mai scritto. Alle Fontanelle, dove viveva come un romito, lo conoscevano come l'anarchico, disoccupato in permanenza.

Nemmeno questo era vero. Emigrato a Marsiglia, dov'era vissuto oltre dieci anni, aveva lavorato nel cemento di moda tra i francesi; e si era fatto le ossa di eccellente decoratore. Ma era tornato in Italia allo scoppio della grande guerra e qui, per l'età matura, lo avevano assegnato alla sussistenza, dove si era fatto la reputazione di gran signore presso le gerarchie militari. Ma la qualifica di anarchico, la fedina penale sporca erano rimaste attaccate alla sua persona. Ne sorrideva. «Le carte restano ferme, l'uomo cambia – diceva rispondendo al colonnello, – guai se non fosse così.»

Col Moro, Solveni andava d'accordo. Parlava, discuteva con lui, e non lo prendeva in giro per le scimmiette sui trespoli, anzi le chiamava con bonomia «i nostri avi». Forse covava per lui una segreta simpatia; e certo il Moro lo considerava un artista finito ma toccato di cervello; e stupiva che andasse d'accordo coi preti, riuscisse a cavar da loro qualche commissione. Diceva, Solveni, che i suoi committenti erano ancora i figli dei preti del Risorgimento.

«Leggi la predica di Giacomo Zanella in Duomo, dove commemora i soldati morti nel 1866» diceva.

E il Moro: «Le credo sulla parola. Però, per la massima parte i preti sono zizzania da bruciare.»

«Zizzania» replicava Solveni.

I cavatori portarono nel camerone la pietra per la santa Lucia e Solveni cominciò a sbozzarla, orientandosi su un suo modellino schizzato alla brava; ma era anziano, faticava a lavorare di piccone, e il Moro lo aiutava. Quando incominciava a imbrunire bevevano un paio di gotti per spegnere l'arsione e stavano a guardare il lavoro. Arrivava Ugo. Un bicchiere anche a lui. La santa cominciava ad apparire nel blocco come un fantasma.

Ugo supponeva che Andrea Solveni avesse qualche segreto per riuscire a ingraziarsi i parroci, perché soltanto da loro riceveva commissioni. Altro che preti figli dei preti del Risorgimento! Quelli erano morti; e vai a vedere che razza di idee giravano per la testa perfino dei loro nipoti, ora che i fascisti tenevano le briglie dei massari, quelli dei campi, che allungavano le palanche ai parroci.

Solveni ascoltava la precanta, fumava la pipa e sputava sul brecciame. «Tu non li conosci, caro mio, i preti. Fanno le loro oblazioni con due mani. È l'unico modo per restare indipendenti – diceva, – e poi i fascisti sanno che è meglio non mettere il naso nella borsa della chiesa...»

«Non alludevo a questo – replicava Ugo, – strolegavo, conosciuto come sei, per quali ragioni ti preferiscono.»

Solveni ridacchiava. «Perché mi presento bene, sono gentile...»

Ugo scoppiava a ridere.

«La guerra ha cancellato tutto – diceva Solveni. – Sai, un parroco non va a vedere la tua fedina penale prima di darti una commissione. Si è già informato che artista sei.»

La santa Lucia usciva lentamente dal blocco come una statua antica, le canne dell'abito diritte, il braccio sinistro alzato a offrire gli occhi nella coppetta delle fragole. Non tutti i giorni Solveni lavorava. Stava per ore a guardare il blocco, faceva qua e là dei segni col carbone. Si preparava a continuare il lavoro che aveva improvvisato con sicurezza. E intanto il Moro cambiava soggetti, ora toccava scolpire un leoncino reggiscudo da mettere di guardia all'ingresso di qualche casa signorile. Come poi vendesse quelle bestiole dozzinali, non diceva. I suoi commerci erano misteriosi.

Ogni tanto Salvatore lasciava stare i suoi pupi e andava nell'altra stanza a vedere il lavoro dell'anarchico. Anche costui, passando un giorno davanti alla testina di una femminuccia che rideva, aveva borbottato.

«Cosa dice, signor Solveni?»

«Mah, non direi nulla se potessi, però se vuoi sapere che cosa penso, penso che sei un umorista. Ti piace la gente buffa. Non ti offendi, vero?»

«No, no.»

«Tutte le tue testine di fantasia mi paiono senza verità. Sembrano figure che vanno in maschera. Perché non provi a cercarti un modello?»

«Me lo cercherò. Forse verrà una ragazza a posare.»

«Beh, fa che venga presto. Lo sai o non lo sai che la fantasia impara dalla verità? Non è un'idea mia, qualcuno in gamba deve averla scritta. Non te lo devi scordare.»

Si era fermato. «Ma queste – indicava la testina e altri pupazzi – riesci a venderle?»

«Non vendo nulla» rispondevo, tacendo l'acquisto di Filippo Sacchi.

«Bisogna vendere – diceva lui, – altrimenti uno si stanca a vedersi la propria roba sotto agli occhi.»

«A chi vendere? La gente che vede i miei pupazzi si mette a ridere.»

«Lascia che rida.»

«Lei discorre come mio padre – dicevo, – però non mi dice mai che devo vendere.»

«Male, tuo padre è un sognatore.»

Che lo fosse, lo avevo capito da un pezzo. Rovesciava sul trespolo una mezza botte di creta, tirava in piedi una figura; e dopo averla lavorata con una fantasia anticlassica, sta là a guardarla per giorni. Così la prendeva a noia. Strizzava gli occhi a fessura e borbottava: «A chi potrebbe servire? Chi vorrà spendere mille lire per questa pupattola?»

E cominciava a tormentarla come una cristiana al supplizio; finché gli staccava un braccio. «Meglio così» diceva. Non era contento. «Meglio ancora senza testa, è stupida.» E la tagliava. Ora sembrava che il frammento, che stava per coprire di panni umidi, gli avesse sollevato la fantasia. Tornava ancora a guardarla. «Basta – diceva, – ho capito. Devo rifarla.» E la tagliava a pezzi con un fil di ferro sottile, come fosse burro. «Ci ripenserò.» Ma non ci ripensava più. E quando riprendeva lena per modellare una figura nuova, si poteva essere sicuri che, alla fine, l'avrebbe distrutta.

Solveni ormai lavorava a finire la sua santa Lucia. Voleva che arrivasse il momento in cui avrebbe dovuto scavarle gli occhi, farla apparire orba; e un pomeriggio stava per farlo quando suonò il campanello alla porta. Arrivò mio padre.

«Solveni, un amico ti cerca» aveva detto.

Solveni si era spogliato della schiavina, aveva messo il farsetto, la giacca e raccolto il tabarro.

Sapemmo dopo – era già buio – che l'amico di Solveni era un questurino. «Solite storie» diceva mio padre, e accendeva una candela. Il Moro, ammutolito, aspettava una spiegazione. «Solite storie, ma era un pezzo che non lo seccavano. Chissà chi è il gerarca o il generale che attraversa la nostra città» aveva detto mio padre.

«Il Principe Umberto che va alla cerimonia di Redipuglia – aveva detto il Moro esultante. – Ma che cosa c'entra Solveni?»

«Secondo la Questura, c'entra, lo mettono al fresco per qualche giorno, finché il pericolo è passato.»

«Ma che pericolo?»

«Il pericolo che qualche anarchico getti una bomba, o spari.»

Il Moro sorrideva, ma c'era un'ombra rabbiosa sul suo viso. «A chi?» domandava.

«Non lo so» diceva Ugo brevemente; e raccoglieva la candela spianando la strada fino alla propria stanza.

Il Moro, che camminava per il suo camerone oscuro come alla luce del sole, si era rivestito. Nessuno aveva calcolato che quel giorno fosse venerdì. Ugo aveva detto che Solveni sarebbe tornato lunedì sera; ma invece tra incertezze e patemi, era passata tutta la settimana. Solveni, con la barba lunga, la pipa fra i denti venne a suonare il campanello il sabato dopo, e già nevicava. «Mi sono riposato, ho proprio disteso le ossa» diceva.

Il Moro aveva gettato allegramente un pezzo di legna nella stufa e Solveni allungava le mani sulla piastra; poi, caricata la pipa, aveva voltato gli occhi alla santa Lucia, avvolta nell'ombra. «Intanto ho pensato come devo orbarla – diceva lui con un risolino, – un lavoro fatto bene. Sai, fare in modo che gli occhi non guardino fuori, ma dentro.»

Il Moro gli aveva versato un bicchiere che Solveni cominciava a sorseggiare. «Ma... signor Solveni, è stato male in questi giorni?»

«No, mi sono riposato. Avevo perso l'abitudine di stare tanto tempo disteso. Un giorno o l'altro faremo insieme il conto degli anni di galera che mi sono toccati. Ne ho tenuto nota. Ho un calepino dove ho scritto tutto. Tanta galera per nulla. Anzi per finire peggio di come avessimo immaginato.»

16

Avevano suonato il campanello della bottega, ed ero corso ad aprire. Fermo nel vano della porta l'uomo vestito di scuro aveva un aspetto losco, gli occhiali grossi, la pelle del viso olivastra e unta. Osservava con l'occhio insolente la prima stanza, allungava gli occhi alla seconda, ma non entrava.

«Buon giorno – dicevo, — che cosa vuole?»

«Sono il commissario Peppinelli della regia questura.»

Era arrivato mio padre, al quale il commissario aveva mostrato una tessera.

«Si accomodi.»

«Vorrei avere notizie di un certo Andrea Solveni – diceva avviandosi con voce strascicata, – so che è stato qui, presso di voi a lavorare.»

«È stato qui per qualche settimana – rispondeva mio padre, – e tornerà a finire il suo lavoro per consegnarlo alla parrocchia.»

«Sapete dirmi dov'è andato?»

«Voi dovreste saperlo meglio di me – rispondeva mio padre, – voi, che lo avete tenuto al fresco una settimana. E poi, ha una sua casa in città.»

Il commissario Peppinelli spiava la statua della santa Lucia e sembrava riflettere su quell'ultima circostanza.

«Fatemi vedere, per cortesia, dove il Solveni lavorava – aveva detto, – scusatemi il disturbo, ma il mio mestiere...»

Mio padre aveva fatto tre passi avanti.

Nello stanzone si erano fermati. «Ecco qui» diceva.

Al solito c'era il Moro che lavorava a una sua scimmietta.

Il commissario scrutava la santa, l'operaio e si guardava intorno. Pareva non ci fosse da vedere nulla di singolare, capace di attirare la sua curiosità; e invece studiò il panchetto dei ferri, gli scalpelli, le sgorbie e il mazzuolo, e raccattò un giornale appallottolato leggendone la data. Sollevò il trapano, il seghetto e la martellina. La teneva in mano soppesandola.

«È come una mannaia» diceva guardando mio padre.

«Non proprio» replicava lui.

Nella cassetta dei ferri c'erano delle sgorbie affilate e il commissario le aveva studiate a una a una.

«Tagliano, eh?» diceva.

«Se non tagliano non servono a nulla – diceva il Moro, intervenendo nel dialogo. – Sa, con queste bestiole bisogna tagliar di fino.»

Erano rimasti sulla tavoletta i disegni della santa Lucia. Il commissario li pizzicò per sfogliarli. Cercò di leggere le scritte e capì subito che non c'era nulla di interessante; ma quando ebbe posati i fogli continuò a guardarsi attorno.

«In confidenza – diceva il commissario con la voce arrotondata, – che uomo è questo scultore Solveni? Abbiamo depositata presso di noi una cartella di documenti che riguardano il soggetto.»

«Buono come il pane!» esclamava il Moro.

«Un'eccellente persona» incalzava Ugo.

«Non si direbbe a leggere il suo fascicolo – replicava il commissario con ironia, – a parte i processi subiti e le condanne, non gravi – lo riconosco – si tratta di fatti lontani, anteguerra.»

«Che non gli hanno impedito – aggiungeva Ugo – di servire nell'esercito la sussistenza con onore. Il suo stato di servizio è stato riconosciuto.»

«Ah, lo stato di servizio – diceva il commissario, – noi dobbiamo tener conto che il soggetto ha militato per anni coi gruppi anarchici emiliani. Conosciamo quegli uomini, è impossibile redimerli.»

«Sentite commissario – diceva Ugo, che aveva ormai intuito il carattere di quella visita, – lei è venuto qua per avere notizie dello scultore Solveni. Le abbiamo mostrato la statua e detto quello che sapevamo. Possiamo poi attestare che le settimane che ha passato qui, lavorando come un frate, ha tenuto una condotta irreprensibile. Vive in uno stato di grande povertà, ma è persona di carattere.»

Il commissario continuava ad accarezzare i ferri sul panchetto.

«Ci credo – diceva con voce lenta, – risulta anche dalle carte del fascicolo. Ma il carattere spesso fa a pugni con la giustizia. Mi spiego?»

«Insomma, che cosa vuol sapere ancora del collega Solveni?» aveva domandato Ugo, non senza una punta di irritazione.

«Io l'ho conosciuto bene – diceva il Moro, – e mi è andato subito a genio.»

«Abbiamo avuto di lui – diceva il commissario – certi contrassegni per cui si direbbe che sta ricalcando le pedate del passato.»

Ugo cercava di strolegare quali mai pedate, negli ultimi tempi, Solveni avesse ricalcato. Visto e confabulato con qualche vecchio compagno? Scritto qualche lettera imprudente, finita nelle mani della censura? Ebbe un lampo. In galera, quei pochi giorni, magari qualcuno lo aveva provocato facendolo parlare.

L'amico non poteva essere stato ingenuo al punto da cascare in una trappola. Sapeva le regole del gioco e del silenzio.

Ugo, allora, aveva tentato col commissario un diversivo.

«Ma che pedate volete che ricalchi un vecchio,

che ha passato i sessantasei anni? È appena capace di tenere in mano i ferri del suo lavoro.»

«Voi mi insegnate – diceva il commissario – che l'uomo non uccide sempre con le armi.»

«Sì sì, ma questa è letteratura, è simbolo, allegoria.»

Il commissario non aveva risposto. Continuava a guardare lo scaffaluccio dov'erano alcuni libri impolverati. Ne leggeva i dorsi torcendo il collo, come temesse di toccarli. Non parlava. Poi voltandosi: «Non sapevo – diceva – che Garibaldi avesse scritto le sue *Memorie*.» E avviandosi aveva preso Ugo sottobraccio.

«Dovreste stare più attento – sussurrava, – voi, nella vostra situazione. Avete gli occhi addosso di persone importanti, intendo dire che mettervi in casa uomini come il vostro collega Solveni non vi conviene. Nascono mille sospetti, in alto si fanno supposizioni...»

«Ma, scusate, commissario, Solveni non ha pagato tutti i suoi debiti con la giustizia?»

«Pagati, certo, ma la sua fedina penale è quella che è. D'altra parte, voi, lasciatemelo dire, non siete iscritto. Oh, per noi queste sono faccende..., voglio dire per me, sono faccende che non riguardano le mie mansioni. Desidero sia ben chiaro. Le idee sono vostre, e finché ve le tenete nella testa...»

«Vi ringrazio dell'avviso, e tuttavia desidero assicurarvi che la porta della mia bottega resta aperta al mio collega Solveni, come resta aperta per voi, sia che veniate di giorno sia che vogliate farmi visita di notte.»

Erano arrivati alla porta.

«Dite al vostro amico – sussurrava il commissario – che tenga la bocca chiusa, e che non si fidi di nessuno. Arrivederci.»

Si erano stretti la mano. Ugo lo guardava andarsene: aveva il passo vagamente divaricato, quasi barcollante.

17

Mia madre l'aveva spuntata a rimodernare la cucina, trasformandola in modo vistoso.

Mettendo da parte una lira sull'altra era riuscita a comperare una cucina economica di smalto bianco, decorata a fiorellini, la ghiacciaia e un cassettone chiaro; e aveva coperto mezza parete di piastrelle di porcellana.

La vecchia cucina economica tedesca cambiò posto, quattro uomini la portarono nella nostra bottega di scultori e il Moro issò subito verso il fumaiolo le canne di lamiera. «Finalmente – aveva detto mia madre – vi godrete un po' di caldo. La vostra stufa sconquassata non stemperava il gelo di quella baliverna. Adesso, con i due forni, lei, Moro, potrà scaldarsi la polenta e avere un po' di acqua calda. Si godrà un bel tepore.»

Aveva profittato, mia madre, dell'andata a Recoaro di mio padre per un paio di giorni, e la trasformazione della cucina imbiancata era stata rapida.

Tornando dal suo viaggio mio padre aveva guardato con sorpresa la stanza trasformata in «sala da soggiorno», e gli era montata la stizza. Osservava con disprezzo le suppellettili nuove, diceva che la stufa somigliava a una gelatiera e la ghiacciaia al cassone dei morti. Noi ridevamo. E forse era stato per le nostre risate che aveva dimesso il viso scuro. Ma non trascurava occasione per punzecchiare quel nuovo apparato, diceva che potevamo aprire un bar, fare quattrini.

Le punzecchiature correvano sulla pelle di mia madre come acqua sui vetri. Forse aveva altri progetti per la «sala da soggiorno» e magari metteva da parte altre lire commerciando robe vecchie e inutili. Diceva di dover completare il suo progetto, rimasto a metà, quando nostro padre fosse stato assente.

«Chi riceviamo questa settimana?» domandava lui entrando in casa. E mia madre, col viso serio: «Mah, forse è la volta che ospitiamo il conte Franco, ci aveva promesso una visita. Un giorno o l'altro, poi, dovrebbe arrivare l'arciprete di Recoaro.»

«Polenta e aringa!» esclamava mio padre.

Negli anni passati arrivavano dopo cena, a bere un buon gotto di vino, i compagni di mio padre. Discorrevano di socialismo, di giustizia sociale, di qualche padrone di azienda riuscito a navigare fra le acque burrascose del regime. Le classi sociali parevano emancipate. Poi, qualcuno di costoro, come avesse preso una mazzata in testa, si era ritirato in silenzio. E, come si vergognasse della sua nuova situazione (si era iscritto al fascio?), non si era più fatto vivo.

Mio padre diceva che gli amici, i vecchi compagni, stavano rintanati nelle loro spelonche. Ed erano passati gli anni, le acque della politica parevano un po' calmate; ma i compagni non tornavano a bere e a discutere dopo cena. Si era saputo che qualcuno, lusingato da lavori redditizi, aveva ceduto alle pressioni di amici in soldi e non voleva mostrare la faccia. Mio padre non faceva più commenti, ma quanto a iscriversi, duro, non mollava. Mia madre intanto, lira su lira, aveva messo da parte qualche carta da cento per essere pronta, diceva, a parare le circostanze avverse in cui la famiglia fosse venuta a trovarsi. Era, a parere di mio padre, come un soldato in trincea, che risparmia la galletta e il companatico per i giorni della battaglia.

I risparmi dovevano essere ingenti se un giorno mia madre si era decisa a trasformare quella povera cucina, l'unica riscaldata della casa. E aveva tramato coi negozianti per gli acquisti e le operazioni di riassetto, profittando di suo marito, chiamato nuovamente a Recoaro per alcuni progetti dall'arciprete Dall'Armellina.

Rientrato a casa mio padre, che aveva guardato le belle tende della cucina come una scena di teatro, dovette considerare il nuovo arrangiamento una specie di trabocchetto. Dunque quel lusso, quello sfarzo – diceva – non era un gioco di bussolotti. E tirava le tende come volesse strapparle. «Coi miei soldi!» diceva. E si figurava che qualche compagno, arrivato d'improvviso, vedesse in quell'apparato il segno di una impossibile debolezza nei confronti dei fascisti.

«Quindi i nostri risparmi erano destinati al palcoscenico per questa farsa di Pulcinella! Non avevamo deciso di risparmiare per i momenti di carestia?»

Forse, nel segreto delle loro notti, dovevano aver cercato una spiegazione per la decisione di lei, partendo da fatti lontani; ma quei discorsi borbottati da un guanciale all'altro dovevano averli inaspriti. Lei era rimasta dell'avviso che la casa doveva mostrare la loro dignità, lui – indifferente del mondo nel quale viveva, quasi che la casa fosse l'emblema del suo rifiuto a non cedere al regime – deciso a tener alta la sua bandiera.

«Quale bandiera?» aveva domandato lei. Questa frase scappata dalle labbra di lei in un momento di distrazione, lo aveva fatto saltare dal letto come morso da un serpente. E quella notte aveva dormito sul divano, avvolto in una coperta, come quando era al fronte.

Accigliati e rissosi, i genitori avevano perduto ogni riserbo.

Oramai si graffiavano in modo esplicito. Lui stette fuori di casa per molti giorni (non era andato lontano) si era nascosto da suo padre, e il signor Giovanni dovette ammansirlo perché tornò a casa meno impulsivo; ma condiva i propri discorsi di pungente ironia. Progettò ad alta voce di andarsene a stare altrove con un paio di valige di robe da viaggio e diporto, per un certo lavoro. Sarebbe rimasto lontano un paio di mesi. Al suo rientro a casa avrebbe deciso che cosa fare della sua vita.

La minaccia aveva tutto l'aspetto della verità, e Clara si mise a piangere; mentre io pensavo che l'unico luogo dove avrebbe trovato asilo sicuro sarebbe stato a casa del signor Giovanni, governato dalle cure di Ofelia. Oramai zia Lieta passava da un ritiro all'altro, e noi pensavamo che, un giorno o l'altro, si sarebbe chiusa in un convento.

Forse, quella specie di rottura fra mio padre e mia madre, e la sua subitanea scomparsa poteva essere salutare. Lo aveva detto il signor Giovanni, venuto a trovarci. «Se viene da me, è sempre casa sua – aveva detto alludendo a nostro padre. – Del resto quando le parole altro non fanno che ferire, meglio "acqua in bocca". Il silenzio cancella molte cose. Vi ritroverete ristorati e capaci di vivere insieme, per voi e per i vostri figli.»

Immaginavo mio padre leggere il giornale davanti al fuoco, e il signor Giovanni di fronte a lui che sfogliava le pagine con pazienza. Non parlavano di noi; parlavano della zia Lieta, dei suoi ritiri e della sua straordinaria vocazione; parlavano dei giorni in cui mio padre era tornato con noi da Genova e contava della difesa di Granezza e poi della ritirata di Caporetto.

Quante volte, con i compagni che arrivavano di sera a bere un buon gotto di vino, avevano rievocato le vicissitudini di quell'inferno!

In quella cucina anch'io avevo ascoltato i primi racconti delle battaglie dell'Isonzo, che sarebbero durate mesi e mesi: una storia sconnessa di patimenti e di carneficine, fino alla grande fuga di là del Piave.

Inutile e insensata guerra, come sono insensate tutte le guerre ordinate all'uomo; perché con la morte non si costruisce nulla.

Allora mi ero lambiccato il cervello per capire se quello che era successo tra i genitori poteva essere accaduto anche in altre case; e confusamente mi si presentavano uomini e donne, e famiglie piene di rancori e dissapori.

Pompeo scalpellino aveva perfino picchiato sua

moglie per il racconto dell'entrata a Gorizia, mentre quella di Liborio si era data alla bella vita sotto agli occhi del marito per arrotondare il povero salario di lui.

Arruffavo le magre conoscenze con altri episodi oscuri. Il signor Anselmo Milione, ricco negoziante di stoffe, comprava le giovani che gli piacevano con bei tagli di seta, e ogni tanto appariva graffiato in viso come avesse giocato col gatto. Dissapori, liti, ma non conoscevo una famiglia dove fossero successe per causa di idee. Bisognava tener fermo questo punto per non perdere l'orientamento.

Mio padre, che leggeva il giornale di sera seduto di fronte al signor Giovanni, era una novità. Mi pareva non fosse cambiato dal giorno in cui lo avevo conosciuto in carne e ossa e ascoltato la sua voce. Pareva, invece che dalla guerra, fosse tornato da un lungo viaggio; e subito si era rimesso a lavorare. Possedeva, dicevano, un'energia e una resistenza straordinarie, con le mani sapeva fare tutto quello che gli passava per la fantasia.

Così continuò per anni, finché i fascisti – chiudendogli le strade del lavoro – gli avevano legate le mani. Era stato quello forse il momento in cui gli erano tornati in mente, con una lucidità assoluta, gli anni della guerra; e rivedendoli non era diventato matto: anzi si era alzato in piedi e si era rimesso ad abbozzare statue, a modellare figure. Nessuno le comperava, ma lui lavorava lo stesso.

Disegnava allora per molte ore, scolpiva marmi durissimi e si rompeva le mani.

Pareva che le immagini della guerra, ritornate a galla come sugheri, ne avessero moltiplicato le energie.

Quanto alle sue idee, forse aveva inasprito il carattere, covato i sentimenti in forme di rancore irriducibile. Chiuso in se stesso, abbandonato dagli amici, doveva aver guardato la società con disprezzo, segnando nel suo calendario elenchi oltraggiosi.

Così, mentre sua moglie tentava di seguirlo, e restava fedele alle sue idee, a poco a poco forse aveva perduto il passo; o magari le era sembrato che quell'ostinazione a restar fuori da ogni tipo di amicizie fosse – ecco il punto – quasi una forma di quella pazzia che non era scoppiata alla fine della guerra, ma che – come un cattivo seme – era cresciuta senza che nessuno la vedesse, diventando un cespuglio di spine che non si poteva toccare senza lacerarsi le mani.

Per questa ragione era andato avanti per mesi e mesi modellando e scolpendo statue, e distruggendole.

Dovevano passare anni prima che la mala pianta inaridisse; ma era subentrata la vecchiaia, complice delle forze esauste da una tenace ostinazione.

18

Don Apollonio Davia, parroco dei Servi, aveva scelto l'interlocutore sbagliato: era andato da mia madre a fare le proprie rimostranze a causa di Pierina, che veniva per me a posare nuda.

«Si è saputo – diceva – che suo figlio tiene nella bottega, con la scusa di alcuni lavori d'arte, una ragazzola scriteriata di sedici-diciassette anni – a quel che si sa – che si spoglia davanti a lui. È un fatto indecente, contro la morale.»

Il prete era andato per le spicce, poi si era perso in una specie di precanta; e sulla sua lunghezza mia madre aveva trovato il modo di raccapezzarsi e tramare qualche risposta.

«...lei non dovrebbe permettere che suo figlio, con lo scopo del lavoro, si prendesse una libertà di questo genere.»

Don Apollonio non aveva ancora finito.

«...noi, ministri del Signore, dobbiamo deplorare che i genitori integerrimi lascino il loro figliolo a praticare una libertà vergognosa.»

Mia madre aveva preso la risposta alla larga. «Che cosa ci trova di indecente? La modella è una buona figliola. La mia sola preoccupazione è che, senza abiti addosso, si prenda un malanno. La stanza dove lavorano è una baliverna.»

Il parroco non riacchiappava il filo del discorso.

«Lei ha detto che posare nuda è contro la morale.»

«Ma, benedetta signora, – continuava lui, – una creatura nuda davanti a un ragazzo! È come mettere la paglia vicino al fuoco.»

«Lei è padrone di supporlo. Conosco bene mio figlio. Farà anche lui, come tutti, i suoi peccati, ma le assicuro che è incapace... diciamo così, di arruffianare la professione per altri scopi che non siano quelli del lavoro.»

I due, seduti l'uno di fronte all'altra, si guardavano.

Il prete quasi parlasse a se stesso continuava: «Lei non pensa, cara signora che potrebbe... dico, non tutti i giorni siamo dello stesso estro. Noi condanniamo i peccati di pensiero, questo è un caso classico; e lei non mi dirà che il suo figliolo è cieco.»

«Spero di no. Per lavorare ci vogliono occhi buoni. Quanto ai peccati di pensiero, mi permetta di dirle che non ci credo. I peccati sono atti, i pensieri rimangono nell'aria.»

«Allora io, come pastore, dovrei accettare nella mia parrocchia questa situazione scandalosa, conosciuta dai vicini, che in perfetta buona fede me lo sono venuti a riferire.»

La signora Redenta era avvampata.

«Coloro che gliel'hanno riferito sono degli spudorati pettegoli, che farebbero bene a guardare in casa loro. Le aggiungo che questa sua premura, per quanto provocata dall'abito che porta, è del tutto stonata. Infine, che si tratti di una situazione scandalosa, non vedo dove stia di casa lo scandalo.»

«Oh, mi dispiace, quanto mi dispiace – diceva il parroco, – che lei non colga in questa mia visita un segno della mia premura nei confronti della sua casa, di suo marito, artista stimato...»

«Nessuna premura. Quanto a mio marito, è a giorno del lavoro che fa mio figlio, e lo assiste, quando può e come può, cioè con la discrezione necessaria.»

«Ma questa figliola è magari una mia parrocchiana. Lei la conosce...»

«La conosco di persona, ma non le ho mai domandato come si chiama.»

La conversazione pareva chiusa, ma il prete non si alzava dalla sua poltrona.

«Le confesso che sono molto mortificato della sua accoglienza – diceva il parroco con la bocca disgustata, – venendo qua ho pensato, ho supposto che lei avrebbe fatto cessare questa pratica non edificante.»

«È la pratica che hanno sempre seguito gli artisti da che mondo è mondo – replicava lei, – non ho sentito parlare d'altro nella mia vita. Lei, signor parroco, è uomo di studi, voglio dire che anche come prete, avrà letto e visto i grandi capolavori, avrà ammirato...»

«Giusto giusto – replicava don Apollonio in fretta, – ma non ho mai pensato che per farli ci fosse bisogno di traffici di questo tipo.»

Si era alzato. Capiva che ogni altra esortazione sarebbe stata respinta. Messo in capo il tricorno, aveva salutato con un cenno del capo.

19

Solveni aveva finito con allegrezza la santa Lucia, e aveva portato da bere una bottiglia di champagne. «La festa deve essere festa», borbottava alzando il bicchiere; e spiava gli occhi forati della martire con compiacenza. Il Moro diceva che i francesi, quanto a vino, la sapevano lunga.

La statua, distesa su un carro, una mattina era partita; e anche Solveni era montato sul sedile, avvolto nel mantello. Aveva promesso, non appena la santa fosse stata posta in opera, di tornare a salutarci.

Non era vero che la vecchia cucina economica, riempita di legna forte, stemprasse l'aria della nostra baliverna; ma il Moro diceva di stare da papa; anzi poteva lavorare in farsetto. La sua capacità di muoversi in quella temperatura da orsi pareva inverosimile.

Lavorava a una sua scimmietta; e ogni tanto

lasciava il lavoro per andar a tappare qualche fessura; e diceva che i clienti per i suoi animaletti li avrebbe trovati, e sagrava e sogghignava come dovesse mettere trabocchetti dentro i quali qualcuno sarebbe cascato. Aveva infilato sopra il farsetto una schiavina di tela color tabacco. Portava sempre le vecchie scarpe da campo, ruscate in un magazzino del distretto militare al momento del congedo.

Era un inverno inclemente, di grandi, continue nevate. Ugo stava vivendo mesi di inattività, lavori nessuno, neanche – come si dice – da dare due punti a un paio di scarpe. Sopra la crisi del 1932 si era aggiunto il bisbiglio avvelenato del regime verso gli uomini indipendenti. Ma non avrebbe raggiunto – diceva lui con sarcasmo – i liberi parroci di campagna, zelanti nell'onorare i loro santi o la Vergine con edicole di campagna. Il fatto era che mio padre non capiva che anche loro vivevano di elemosine. Pensava che l'immagine del santo e della Madonna della loro devozione dovessero nascere spontaneamente da una borsa ben fornita e ingrossata ogni domenica dalla carità dei parrocchiani.

I pochi risparmi casalinghi, dopo la trasformazione della cucina in «sala da soggiorno», si erano ridotti a tre spiccioli. Non ci voleva altro che quella follia – diceva mio padre, – per metterci a dieta. Altro che rimodernare la cucina in un frangente come quello! Ma mia madre fingeva di non sentire, faceva delle minestrine squisite e cantava come una calandra, «quando men vo soletta per la via.»

Ugo usciva di casa ingrugnato e rabbioso, e arrivato in bottega sedeva al tavolo salutando appena il Moro; e avvolte le gambe in una coperta di lana si metteva a disegnare. La sua penna si impuntava sulla carta, l'inchiostro si spandeva in larghe macchie nere.

Il Moro, attaccato alla sua scimmietta coi ferri taglienti continuava a ficcare pezzi di legna nel fornello della cucina economica e diceva che, fosse stato per lui, una soluzione a quella crisi di denaro l'avrebbe trovata; ma Ugo non gli domandava quale.

Supponeva che l'operaio avesse arzigogolato di alcune sue visite parrocchiali, per suggerire, dove mancava qualche figura di santo; insomma che l'artista andasse a mostrare la faccia ai monsignori, inventando una fantasia sacra appropriata, capace di eccitare la superstizione dei fedeli.

Non immaginava quanto il Moro nella sua cinica calma sarebbe stato risoluto a tirarsi fuori dai guai e come avrebbe affrontato quell'imbroglio della nostra disoccupazione, che metteva in un mazzo i gerarchi del fascio littorio con i preti delle campagne. Trovava sbagliato il giudizio dell'artista riferito ai preti.

Il Moro non era un uomo di idee avverse al

regime. Anzi non aveva nei confronti del fascio nessuna idea. Ripeteva che la crisi che stavamo attraversando era il contraccolpo di quella scoppiata negli Stati Uniti nel 1928, e che presto sarebbe passata. Ma, intanto, bisognava rimboccarsi le maniche.

Fu così che un pomeriggio, mentre calavano nella bottega le umide brume invernali, affrontò mio padre prendendo l'argomento alla larga.

«Dicono che l'America si è rimessa in piedi» borbottava.

«E come lo hai saputo?» domandava Ugo.

«All'osteria da Beordo – rispondeva il Moro. – Alla sera ci si va per un buon bicchiere e si sente qualcuno parlare. Le industrie americane hanno ripreso a funzionare.»

Silenzio.

«Quella è gente pratica – diceva il Moro, – guardano che cosa è successo alle macchine, mettono su le ruote nuove, le cinghie di trasmissione, i motori e gli interruttori; e ripartono da zero. Non fanno mica come noi, che stiamo a pensarci.»

«Magari non sarà stato così semplice – diceva Ugo, – certo quella è gente di carattere.»

«Con qualche dollaro in tasca, eh, se ne fanno di cose. Basta avere spirito di iniziativa.»

«Cosa vuoi dire?» domandava Ugo che aveva sentito la punzecchiatura.

Silenzio.

«Eh?» domandava ancora Ugo.

Il Moro si era voltato. «Dicevo fra me che questa sua situazione è ingiusta. Lei non la pensa come i fascisti, ma non fa male a nessuno. E allora, se hanno attaccato, deve difendersi in qualche modo.»

«Difendersi da che?»

L'operaio aveva sulle labbra un sorriso malizioso. «Questa bottega è sua – bisbigliava – l'ha pagata.»

«Sicuro.»

«Ed è assicurata. Voglio dire che lo stabile è assicurato contro il fuoco.»

«Figurati! Tanto di polizza col mio amico Gigi Faccio.»

«Regolare?»

«Ma cosa stai savariando? Se ti dico che lo stabile è assicurato, è assicurato.»

«Pensavo – diceva il Moro con voce lenta – che a questa bottega potrebbe capitare un incidente. Una notte, non si sa perché. Col freddo che fa, i pompieri arriverebbero quando l'edificio è tutto un falò.»

«Bella prospettiva mi fai» diceva Ugo.

«Una prospettiva reale – diceva il Moro, – e lucrosa, se sappiamo fare le cose per bene.» E uscendo dall'equivoco: «Certo, bisogna prepararla in modo che non si sospetti il dolo, neppure lontanamente. Nel cassone c'è tanta legna, poi si tira in piedi, vicino alla cucina economica, un bel mucchio di travetti. Questo ordigno pieno di braci – indicava la cucina economica – par fatto apposta per il nostro caso. Una notte salto in bicicletta e vado a bere un buon gotto da Beordo, così c'è l'alibi; ma il mio Tonin passa fuori dall'osteria, monta sulla mia bicicletta e fila. Arriva in cinque minuti alla bottega e dà fuoco. Di notte non c'è un cane per le strade. Torna da Beordo e messa giù la bicicletta se la fila a casa per i campi. I pompieri arriverebbero quando la bottega fosse carbonizzata. Così lei riscuoterebbe l'assicurazione e, poi, sgombrate le macerie, venderebbe il terreno.»

Ugo, esterrefatto, guardava il Moro senza riuscire a rispondere. E il Moro, incoraggiato dal silenzio dell'interlocutore. «Bisogna studiarla bene – diceva – Tonin, quando facciamo insieme qualche cosa, è muto. Intabarrato, chi lo riconoscerebbe?»

Forse ancora confuso dal progetto, Ugo non parlava.

«Non voglio nulla, per questo favore – continuava il Moro, – lo faccio per raddrizzare le ingiustizie. Lei deve uscire da questa situazione. Gli uomini hanno il dovere di difendersi dai soprusi.»

«Tu sei matto, matto da legare! – scoppiava a dire Ugo. – Io, diventare complice di un simile delitto? Fare un'azione come questa al mio amico Gigi Faccio.»

«Ma cosa c'entra Faccio? Non paga mica lui. E poi, senta cosa le dico. Io avrei potuto fare quello che ho detto senza parlargliene. Lei non ne avrebbe saputo nulla. Invece ho pensato che qui, nell'armadio e nei cassettoni, c'era tanta roba che poteva premerle: i libri, i disegni, quadri appesi nella sua stanza. Forse un po' alla volta, avrebbe potuto portarli al sicuro. Potevo mettermi d'accordo con Salvatore. Cioè che portasse a casa i capi preziosi... Capisco, adesso, che non se ne farà nulla. Io volevo farle un piacere – finiva il Moro, – rendermi utile. Sa, in caso di bisogno bisogna darsi una mano. Ecco, pensavo questo.»

Il viso di Ugo si era spianato. «Ho capito, ho capito – replicava in fretta, – ma questa dell'incendio della bottega è una canagliata che non si deve fare. Lèvatela dalla mente e dammi la tua parola che non ti passerà più per la testa.»

«Per promettere di non dar fuoco, posso farlo – diceva il Moro, – quanto a levarmelo dalla testa sarà difficile. Resterò sempre convinto delle mie idee.»

20

Arrivò la primavera, spalancammo la vetrata e le finestre della bottega, e il Moro, che sentiva la dolcezza della nuova stagione, cominciò a scolpire nella pietra un cesto di frutta e di fiori. Con Ugo non aveva più parlato. Salvo qualche battuta scherzosa, pareva estraneo alle sorti del lavoro, all'indifferenza dell'artista che continuava a disegnare e ad accumulare fogli di ogni colore.

Intanto le due scimmiette, i leoncini reggiscudo scolpiti dal Moro durante l'inverno, erano scomparsi; segno che ne aveva trovato i compratori. Il primo temporale dell'estate arrivò precocemente, giusto per svegliare i tre romiti nella loro Tebaide.

Pioveva dal soffitto di tegole dello stanzone e dovettero distribuire dei bidoni e dei secchi dove l'acqua filtrava a rivoli. Ugo, indispettito, girava evitando gli ostacoli.

«Non se la prenda per questa sciocchezza – diceva il Moro, – la prima notte in cui ho dormito in casa mia ho dovuto aprire l'ombrello.»

«Ah, la tua baracca!» replicava Ugo con sarcasmo.

«Baracca no – diceva il Moro. – È tutta di pietra, le travi sono sane e le tegole anche, ma sono state messe senza regola. Mi farò insegnare dal capomastro Scambi la tecnica della posa in opera. Certo, prima delle tegole si dovevano distendere dei buoni fogli di cartone catramato, e in quel momento non ne avevo trovati. Però i muri sono massicci.»

«Sappiamo che te la sei costruita tutta con le tue mani...»

«A regola d'arte – diceva il Moro con orgoglio, – col suo focolare al piano terra perché il caldo vada dalle camere, al piano superiore, e la scala di legno comoda. Le porte sono una sciccheria. Me le hanno regalate quando hanno demolito il teatro comunale.»

«Tante cose ti hanno regalato. Anche la ringhiera – diceva Ugo – e poi gli infissi e le imposte, che hai ridotto a misura; e il portone di casa.»

«Bisogna saperci fare – diceva il Moro col muso duro. – Gli altri buttavano via; io, invece, guardavo, studiavo, misuravo.»

«Bisognerà che venga a vederla questa tua casa» diceva Ugo.

«...non mi sfuggiva nulla. Al Teatro comunale c'era tanta roba buttata via che, avendo le forze, avrei potuto fare sei case. Per esempio le canne dell'acqua e i rubinetti, le vaschette e i cessi di porcellana, il lavatoio da cucina. Buoni lampadari non ne ho trovati, ma ho raccolto un centinaio di lampadine elettriche. E poi maniglie per le porte e serrature con le loro chiavi. "Moro, porta via questa robaccia – diceva il capomastro – altrimenti la gettiamo nella spazzatura. E non toccare le tende di velluto dei palchi, che sono piene di pidocchi, perché ti impesti." Io replicavo che le tende, fossero state in buono stato, si sarebbe potuto farle bollire. "Buon brodo faresti", replicava lui. Io però, tenevo gli occhi aperti. Non si sa mai che cosa possa occorrere quando si costruisce una casa. E infatti, quando levarono le piastre di marmo rosso al pavimento della sala d'ingresso, andai di sera con un carretto e in un paio di corse me le portai a casa.»

Il Moro si fregava le mani a ricordare l'impresa. «E siccome anche l'occhio voleva la sua parte – continuava, – mi sono portato a casa le colonnine dorate dei palchi e ne ho fatto una rastrelliera nella camera a piano terra.»

«Eh, non manchi di gusto» diceva Ugo con ironia.

«Vuole che glielo dica? – domandava il Moro. – Par di essere a teatro.»

«Bravo, bravo – diceva Ugo, – e intorno alla casa hai della terra?»

«Poco più di un campo. L'ho comperato con i miei risparmi dal signor Tullio Fortunato, quando ha avuto quel famoso dissesto. Terra da brolo, tutta coltivata: patate, radicchio, sedano, salvia. E, alla sua stagione, fagioli e piselli.»

«E quanti fagioli fai?»

«Quasi un quintale.»

«Mi paiono tanti. E cosa fai ancora?»

«Sette-otto sacchi di patate. Ma in fondo al campo cresce il sorgo.»

«Quanto ne fai?»

«Due o trecento chili, a seconda del tempo. E poi qualche cassone di farina bianca.»

«Me ne consolo. Farai anche frutta immagino.»

«Non tanta, ma qualche tavolata di mele e di pere» diceva.

«E poi, cosa produci?»

«Lungo il confine abbiamo la coltivazione di pomodori, mia moglie ogni anno, deve fare un centinaio di bottiglie di sugo.»

«Ma senti un po', questa tua terra a quanti piani è?»

Ridacchiava. «Una terra a un piano come le altre – diceva, – ma i campi vicini fanno schifo a vederli come sono tenuti.»

«Ci passano le cavallette?» diceva Ugo.

«Ci mangiano qua e là, ma senza esagerare.»

Si era rimesso a lavorare a un suo nuovo cesto di frutta e di fiori. «Tempi duri, sono – diceva, – bisogna stare con gli occhi aperti. Noi, a casa, dormiamo a turno.»

21

Mariano della Casa era un meccanico piuttosto che uno scultore; e quando arrivò per il restauro a fondo il san Giorgio di Montecchio Precalcino, Ugo decise di chiamarlo a dare una mano.

Si trattava di un pupazzo di stucco con l'elmo storto, vestito di una corazza di lamiera con gambiere, lancia puntata e spada al fianco; e il drago sotto ai suoi piedi, rivestito di lamiere rotte, pareva un coccodrillo a coda corta. Era insomma un mucchio di ferraglie da riassestare, cucire, fissare con lo stagno, ribattere nelle parti storte: un mostro-reliquia, che avrebbe dovuto ritrovare la propria dignità per essere rimesso sull'altare.

Ugo, dopo averlo osservato con cura, si era messo a ridere; e Mariano che lo aveva seguito nell'esame diceva che sarebbe tornato il giorno dopo, con tutti i ferri necessari al lavoro.

Il Moro, da lontano, aveva seguito le mosse dei due. Mariano gli era antipatico. Anni prima aveva saputo le sue gesta col Comandante. Poi, cacciato da Fiume con gli altri volontari, aveva rinnovato il suo giuramento a D'Annunzio ed era saltato sul primo camion per evitare le cannonate promesse da Giolitti. Ma arrivato a Vicenza aveva spanto le gesta eroiche delle bande fiumane dalla sua testa accaldata. Allora, scimmiottando i fascisti, aveva l'abitudine di salutare gli amici col braccio teso e di gridare «eia, eia, eia, alalà!» come dovesse subito partire per una spedizione punitiva.

Poi si era calmato; ma non aveva dimesso il loro tono altezzoso, come si trattasse di avversare sempre l'interlocutore. Non si sapeva se a Fiume avesse ammazzato qualcuno; ma tornato a Vicenza aveva partecipato a qualche spedizione punitiva delle squadracce. Improvvisamente, dopo il delitto Matteotti, qualcuno doveva averlo toccato nel giudizio. Allora, aveva strappato la tessera del fascio ed era scomparso da Vicenza.

Il Moro aveva Mariano in antipatia per le ragioni che offendono gli uomini poveri quando gli succede di conoscere un esaltato o un mentecatto. Infatti era irritato per le grandessate di Mariano, passate di bocca in bocca nelle osterie, e certo ingrandite dall'immaginazione degli ascoltatori. Così, fingendo quasi di non vederlo, lavorava nello stanzone al suo terzo cesto di frutta e di fiori, a testa bassa, borbottando.

Il ferrovecchio del San Giorgio, affidato alle cure meccaniche di Mariano, riprendeva forma riaggiustandosi soprattutto nella corazza e nell'elmo raddrizzato. Toccarono altre cure al coccodrillo dalle fauci spalancate. Spazzolato energicamente, dovette essere ridipinto di un bel verde smeraldo, gli occhi bianchi e la lingua scarlatta. Mariano lavorava bene, pareva l'uomo più tranquillo del mondo. Solo, prendeva per le spalle il pupazzo e lo scrollava con violenza per constatarne la solidità e la qualità delle cure prestate; e ridacchiava dicendo, che a guardarlo in faccia, gli pareva somigliasse a Polidor, l'attore delle «comiche» che vedeva al cinema Edison.

Un giorno, posati i ferri, si era messo a chiacchierare con Ugo.

«Sa, professore – diceva, – che ha rigovernato

bene questa casa? Non avrei creduto, arrivando qui, di trovare tre bei locali spaziosi con tutto l'armamentario per lavorare. È proprio una bella bottega, comoda, centrale...»

«Cosa credevi di trovarci, testone?» replicava Ugo un po' apprensivo.

«Mah, vedo tutto cambiato, tutto rimodernato...»

«Beh, e allora?»

«Allora penso che ci sia voluto un bell'impegno a spazzare via le robazze di questa baracca, camere e camerette, separé, scale e scalette... insomma tutto quello che la *madama* ci aveva messo per la tranquillità dei clienti. Perché ce n'erano di tutti i tipi, anche alti ufficiali vecchiotti che venivano dal fronte e si seccavano di farsi notare. Di giorno le ragazze si mettevano ai poggioletti a prendere l'aria. Ne ho conosciute di bellissime.»

«Cosa ti salta in mente?» domandava Ugo irritato da quella straordinaria confidenza.

«Cosa vuole, era quasi un posto chic – diceva Mariano, – e se la seduta, diciamo così, era più lunga dell'ordinario, si pagavano cinque lire. Però avevi tutte le comodità. Eri rispettato. A Vicenza, durante la guerra, erano aperti più di cento casini, ma avevi poco da scegliere. Quando i soldati arrivavano dal fronte facevano dappertutto la coda per entrare; e le ragazze, con un po' di buona grazia, dovevano accontentarli. La Drusillina ne ha passati quasi cento in un giorno. Una benemerita, parola mia. I soldati tornavano in trincea sollevati e allegri.»

«Ma cosa ti metti a contare?» diceva Ugo al colmo del dispetto.

«Conto quello che è successo. Io dovevo stare attento a entrare nei vari locali. Non avevo compiuto diciotto anni, ma me ne davano più di venti.»

Mariano alzava gli occhi al soffitto. «Ma sa che ha fatto proprio una bella bottega? Non me lo sarei mai immaginato.»

L'ultima battuta aveva calmato Ugo. Per sviare la conversazione si era messo a parlare delle finiture della preziosa immagine che stavamo restaurando. Oramai il lavoro stava per essere finito. Per fortuna, pensava, il parroco di Montecchio Precalcino non sa nulla del passato di questa casa. Chissà che cosa direbbe se sapesse che il suo san Giorgio è venuto a rifarsi l'abito in un vecchio casino.

«Per soli due mesi – diceva Mariano – non sono stato chiamato sotto l'esercito. Compivo diciotto anni in novembre, sotto l'armistizio. Al distretto mi conoscevano, così sono stato assunto come inserviente per liquidare la roba della sussistenza. Allora ho cominciato a mangiare tutti i dì, non roba fina, ma scatolette e pagnotta. Ce n'era quanta si voleva. Però, la fame che ho patito! La guerra finita all'improvviso mi era rimasta nel gozzo. È stato così che sono partito per Fiume, con gli arditi. Il Comandante era un eroe...»

22

Qui dentro l'unica cosa che stona – diceva Mariano, dando gli ultimi ritocchi di colore al san Giorgio, – l'unica cosa è quel manichino là in fondo, che fa la mossa per sfotterci. Con quello straccio, poi, che gli cade dalla spalla, sembra un antico romano.»

«Già, bisognerebbe tirarlo via – replicò Ugo, – però è facile cambiargli posizione. – Lo guardava. – Non dà fastidio a nessuno. I ragazzi l'hanno portato qua quando ho fatto il monumento al fante del Grappa.»

Aveva guardato Salvatore. «Allora era vivo Domenico, morto di tisi fulminea in una settimana. Il viaggio del manichino è stato quasi un presagio.»

«Era un tipo allegro, Domenico – dicevo io entrando nella conversazione – scherzava, rideva di tutto. Col carrettino lungo siamo andati a prendere il manichino al deposito, verso il Cimitero degli ebrei, e quando lo abbiamo tirato fuori dalla confusione dei pali, delle tavole e delle ragnatele, abbiamo provato a metterlo in piedi, per capire se le giunture erano tutte a posto. Erano a posto. Il tempo scuro minacciava temporale. Quando stendemmo il manichino ci parve da stranio portarlo in giro senza un po' di riparo. Così, nettato e spolverato, lo abbiamo coperto con un telo; ma imboccato il viale è venuta giù un'acquata improvvisa, e non c'è rimasto altro rifugio che sederci sotto il carrettino, fra le ruote. Non è andata male, perché, dopo dieci minuti, il temporale si è sfantato. Domenico allora si è attaccato alle stanghe, e via.»

A un certo momento io che urtavo ho detto: «Menico, guarda con che roba andiamo in giro.»

Lui che era alle stanghe, si è voltato; ma non deve aver guardato bene, perché ha tirato avanti. In quel momento è uscito dal convento di santa Lucia un frate, ci ha salutato, ha spiato il carico e si è messo di fianco a noi. «Non è mica successo una disgrazia, vero, putèi?»

«No, no» ho detto.

Il frate camminava di buon passo. «Per fortuna che il Signore manda la piova al momento giusto – diceva, – stavo per uscire quando è scoppiato il primo tuono.»

«Ah, sì, è durato poco» diceva Menico, che continuava a tirare.

Una vecchietta si era avvicinata e quasi ci correva dietro.

«Non sarà mica successo una disgrazia, vero?» domandava la vecchietta mostrando il carrettino.

Menico voltatosi di colpo, era rimasto di stucco. Con l'acqua del temporale il telo si era incollato sul manichino di legno, somigliava a un cristiano coperto di tela, con la testa e i piedi diritti.

«Pare un omo negà» diceva la vecchietta voltandosi al frate.

«Negà o no, a lei non deve interessare» aveva risposto Menico con leggerezza.

«Non sono cose che la riguardino» aggiungevo io.

La gente per le strade si fermava a guardarci, qualcuno ci rivolgeva la parola; e noi via, senza rispondere, come avessimo una fretta pazza, e non potessimo perdere un minuto con quel carico sotto il telo. Oramai era chiaro: la voce dei passanti, correndo più veloce di noi, era arrivata al ponte degli Angeli.

«Non sarà successa una disgrazia a qualche giovine» gridava una donna che spazzava acqua.

«Non sono cose che vi riguardino» echeggiava Menico che cominciava a divertirsi.

«Oh Maria Santissima!» si sentiva dire.

Menico tirava il carrettino a gran velocità e noi avevamo dietro le spalle un codazzo di gente che voleva sapere, e mi pareva che strolegasse che forse, col temporale passato, fosse successa una disgrazia, sotto il telo magari c'era uno che tirava gli ultimi.

«Lasciateli andare – gridava un passante, – magari corrono all'ospedale, per questo corrono di quella corsa.»

«Noi, via per le Barche – dicevo io. – Ma quando arrivammo al ponte ce la vedemmo brutta. Avevamo alle spalle un lungo codazzo, gridavano che ci fermassimo. Ci si mise di mezzo quel pancione di Biasiolo, e dovemmo scansarlo con una schinca da circo equestre. Lanciati così, col corteo di uomini e di giovani che ci inseguiva, capimmo che se ci avessero presi, e tolto il telo del carrettino, ci sarebbe toccata una dose di sberle. Per questo, arrivati in cortile della bottega, Menico, lasciate le stanghe, è corso a chiudere il cancello con la catena.»

«Allora – dicevo io, voltandomi a mio padre, – sei uscito tu, attirato dalle grida, non sapevo se avessi capito l'arcano. La gente accalcata al cancello teneva il fiato. Hai tirato via il telo dal carrettino...»

23

Il restauro di san Giorgio aveva portato fortuna a Ugo perché, appena uscita dalla bottega la preziosa immagine, era arrivato l'avvocato Brugini in lutto, col suo cappello tondo e la prefettizia nera. Era in città un uomo noto e non ebbe bisogno di raccontare l'antefatto della commissione da dare al professore. Voleva il busto della nipote, morta di una infezione micidiale, un mese prima. Il raccapriccio per la meccanica di quella morte era ancora vivo, e in città si continuava a parlarne.

Aveva tolto dalla borsa avvocatizia alcune fotografie della giovane defunta e avviato con voce rotta gli elogi sulla bellezza greca del viso e dei capelli ricciuti, sul naso diritto e gli occhi celesti. Ecco, voleva un ritratto di lei di tipo greco, addolcito dal lieve sorriso sulle labbra carnose, il mento rotondo. Oh, certo, appariva così liscio perché sulle gote della giovane era sparsa una peluria bionda che dava alla carnagione quasi un velo di polvere, come sulla pelle di una pesca.

Ugo ascoltava in silenzio, quasi con tenerezza, gli elogi per la bellezza della giovane, dall'occhio stupido e fisso.

«Farò del mio meglio per accontentarla, avvocato – aveva detto. – La avvertirò appena il ritratto sarà pronto.»

Di lì a qualche giorno il Moro, lasciata la sua dodicesima scimmietta, domandò di guardare l'abbozzo del ritratto. Pareva impossibile, da quelle grandi fotografie sfocate, che il ritratto della giovane Bernarda, «deceduta per inopinata affezione lasciando i parenti nello strazio», fosse là, sul trespolo, ad aspettare la visita dei parenti.

Vennero infatti, un pomeriggio. Era una deputazione numerosa, cinque o sei, in abiti lussuosi. Tre donne (zia e sorelle) e due uomini, l'avvocato committente e un amico. Stettero interdetti a guardare il lavoro. Le due sorelle cominciarono a piangere debolmente, la zia a osservare la nipote con compiacenza; mentre i due uomini giravano intorno al lavoro cercando di prendere quella confidenza che gli indotti cercano in un simulacro di creta.

«Aveva più capelli sulla nuca – diceva l'amico sottovoce, – una gran testa di capelli folti...»

«...e più ricciuti. Più folti e più ricciuti» borbottava l'avvocato.

Le sorelle continuavano a piagnucolare, ma parevano inchiodate al suolo.

«Bella, però – borbottava l'amico, – rifinita.»

«Mi par di vederla – diceva la zia, avvicinandosi trepidante al trespolo; e allungato l'indice, e puntandolo verso la guancia fin quasi a toccarla – mi pareva, negli ultimi tempi, un po' più patita, cosa dite?»

«No, più patita no – diceva l'avvocato, – la curva della guancia era più gentile. Forse dipende dalla mascella più sfumata.»

Dalle fessure della porta, nell'altra stanza, seguivo la conversazione. Guardavo mio padre immobile fra i parenti, attento ad ascoltare.

Una delle giovani, smesso di piangere, diceva: «Aveva, mi pare, la bocca meno pronunciata.»

«Forse – diceva l'avvocato, – però non l'avete

mai osservata quando andava in collera. Tutta nelle labbra, era, tutta nelle labbra.»

«Erano momenti passeggeri – replicava l'amico, – qua bisogna immaginarla coi suoi sentimenti naturali. Quando era in collera aggrottava la fronte, e una brutta ruga verticale...»

«"L'aspra ruga verticale che segna il marchio del pensier", come dice il poeta – esplodeva l'avvocato. – Ma poi, quando era del suo vero umore, un leggero sorriso... ecco un leggero sorriso. Così mi sembra un po' indifferente. Cioè non ha nel viso, quella luce di gioventù che era la sua, tipica.»

«Giusto, luce di gioventù» diceva l'amico.

«Allora, professore – diceva l'avvocato, – lei sarà tanto cortese da fare alla sua opera questi ritocchi? Come vede si tratta di pochi aggiustamenti. Mi permetto di ricordarglieli: capelli più abbondanti e più ricciuti, più sorridente nelle labbra e, per accontentare la zia, lievemente più patita. Mi permetto di aggiungere, e sono sicuro che i miei parenti sono d'accordo – abbassava il tono di voce, – aveva le cartilagini delle orecchie più sottili e un po' rosicchiate. Sa, poveretta, da bambina aveva sofferto di geloni. Quando ci chiamerà, verremo subito. Intanto la ringrazio del suo bel lavoro. Ha fatto un'opera egregia.»

Si erano salutati.

Chiusa la porta mio padre perticava la stanza come un leone frustato. Sotto i panni bagnati il ritratto dovette aspettare quindici giorni prima che le nerbate dei parenti della morta lo inducessero a ritoccare il ritratto. Le tremila lire con le quali lo avrebbero pagato gli premevano.

Tornarono l'avvocato e l'amico senza l'accompagnamento delle parenti.Il ritratto venne scoperto. Vi fu un lungo silenzio. Forse pareva al committente, dopo la prima visita, che si fosse stabilita fra i familiari e l'artista un tratto di confidenza per via del quale fosse possibile la conversazione.

«Sa – diceva l'avvocato, – ora che la rivedo, mi sembra meno somigliante dell'altra volta? Mi pare che i capelli siano troppi, pesanti. Cosa dici, Alfredo? – seguitava voltandosi all'amico. – Tu la conoscevi bene.»

Quello non parlava.

«Forse ha calcato un po' troppo la mano a smagrirla. Si trattava di un'inezia.»

Ugo aveva tentato una difesa. «Lei, avvocato – diceva, – non deve paragonare questo ritratto alla povera defunta. A me sembra che dovrebbe domandarsi se si tratta di una buona scultura. La somiglianza è un fatto relativo.»

«Mah, la somiglianza a me pare importante – replicava l'avvocato. – Sì, ora la bocca sorride.»

«Quanto ai capelli – continuava Ugo, non sono mica di filo di ferro. Si tagliano, si pettinano.»

«Ha ragione il professore – diceva quel tale Alfredo. – Però, adesso che la rivedo di colpo, a me

– forse posso sbagliare – mi sembra avesse il naso leggermente più corto. Ho detto che posso sbagliare...»

«Effettivamente» diceva l'avvocato.

«Quanto più corto?» domandava Ugo stringendo i denti.

«Un'inezia» diceva l'Alfredo. E si voltava all'avvocato.

«Due millimetri?»

Rapidamente Ugo aveva accorciato il naso. «Ecco, così – diceva l'avvocato. – Adesso va meglio.»

Dopo un breve scambio di idee l'avvocato aveva consegnato allo scultore una busta contenente mille lire.

«Lei consiglia di fare un bronzo o un marmo? – domandava. – Io suggerirei un marmo.»

«Mah, vorrei che ci consigliassimo anche con i genitori della giovane. Penso, quando la testa sarà finita, che potremmo, una sera, tenere a casa mia, un consiglio di famiglia. Con l'opera davanti agli occhi si decide meglio.»

«Lo penso anch'io. Le manderò a casa il lavoro. Poi mi dirà quello che hanno deciso: marmo o bronzo.»

Si salutarono.

Il modello finito venne affidato al Moro e portato a domicilio dell'avvocato. Dopo quel giorno passarono mesi prima che Ugo avesse notizia del modello e delle decisioni del consiglio di famiglia.

24

Mio padre scrisse una lettera all'avvocato Brugini domandando le decisioni del consiglio di famiglia a proposito della traduzione in marmo o in bronzo del ritratto della sventurata giovane; e ne ebbe una risposta sibillina: il consiglio di famiglia non si era ancora riunito al completo, volesse essere tanto cortese da aspettare l'evento, che certo non avrebbe tardato.

Invece che la decisione arrivò dopo mesi con una lettera dell'avvocato che domandava i costi per la traduzione in marmo o in bronzo del ritratto; Ugo aveva risposto subito declinando le cifre. Erano passati ancora tre mesi; e nuovi lavori erano completamente mancati. Si vedevano sui palazzi del fascio aquile in marmo, nei giardini delle palestre atleti e ginnasti della gioventù del littorio, allegorie sugli edifici pubblici: opere di artefici forestieri. Segno che Ugo era stato messo definitivamente da parte.

La sua ostinazione a non iscriversi al fascio, sussurrata dai gerarchi locali, era arrivata ai suoi orecchi come il suono di una campana a morto.

Il Moro aveva detto un giorno: «Questa bottega è sua, lei l'ha pagata fior di quattrini, altri ne ha spesi per sistemarla. Perché non la vende e non ne trova un'altra da affittare?»

«Non ci penso nemmeno, voglio stare sul mio.»

«Capisco, ma i suoi debiti crescono ogni giorno.»

Anche a me, cui non piaceva entrare in quei discorsi bisbetici, avevo calcato la mano sui creditori che cominciavano a mormorare, e insistevano dispettosamente sui debiti della nostra famiglia. L'anno 1933 non poteva essere diverso dal precedente.

Ugo rispondeva che forse sarebbe stato migliore e che la crisi in atto del denaro poteva risolversi. Insomma vendere l'immobile in quei mesi sarebbe stato un cattivo affare.

Però, nel silenzio, l'idea di vendere restava là. Forse era necessario provocare il nostro creditore più esoso, tra coloro che volevano alleggerirsi delle cifre messe in fila in tante colonne sui loro libri: il fornaio, il beccaio, l'ortolano, il pizzicagnolo, il vinaio e perfino il giornalaio. Stavano tutti di guardia, col loro fuciletto spianato, forse un colpo sparato a salve poteva sfuggire. Invece non sfuggì. Chissà per quali strade, diceva Ugo, uno mai conosciuto viene a sapere che noi qua, abbiamo mormorato di vendere la bottega.

Altro che mormorato! Era stato il Moro, un giovedì al mercato, a far correre discretamente la voce.

Il signor Massariotto (il nome era tutto un programma) arrivò da noi senza preavviso. Entrando aveva dato a Ugo le sue generalità domandandogli se la bottega (vuota, precisò) fosse in vendita. Cioè lo stabile, muri nudi (faceva con la manona un gran gesto, come volesse raccoglierla intera). Sempre se il signor scultore fosse stato d'accordo nel trattarne la vendita a un prezzo onesto, dava un'occhiata ai muri portanti. Diceva subito che si trattava di una baracca. Batteva sugli intonaci con le nocche delle dita, concludeva che non valeva nulla, spazzar via tutto diceva, fare un locale moderno, l'unico pregio dello stabile era il posto, proprio in mezzo alla città. Insomma se il signor scultore voleva pensarci, lui era disposto a trattare, sempreché le esigenze del venditore fossero pari al vero valore di quel vecchio casino.

Ugo, di fronte a quel profluvio di parole, era riuscito a fare la propria obiezione: «Lei compra l'immobile o il casino? Perché il casino non c'è più, come vede. La licenza è stata annullata.»

«Compro quello che c'è. Casino? Si far per dire. E poi, non è mica un disonore che lo sia stato.»

«Volevo ben dire» replicava mio padre.

«Insomma se vorrà vendere, mi cerchi in piazza dei Signori. Ci sono ogni giovedì, giorno di mercato.»

Se n'era andato.

«Ancora il casino salta fuori – esclamava Ugo, – non gli va fuori dalla testa.»

Il Moro, che aveva ascoltato lo sproloquio del Massariotto, diceva: «Ha fatto apposta per deprezzare l'edificio – diceva, – qua si vendono muri non il casino. La licenza è stata ritirata nel 1919.»

«Ecco, volevo dire.»

Per qualche giorno, in bottega, non avevamo più parlato di vendite e della visita del signor Massariotto. Mio padre, abbandonati i disegni, aveva raccolto i libretti dei nostri debiti per fare la somma delle spese di quegli anni. Si capiva la ripugnanza con cui si metteva al tavolo per tirare i totali, dei quali non conosceva l'entità; e più stava seduto, più le colonne dei numeri provocavano in lui riflessioni sorprendenti. La lettura di alcuni debiti contratti per vivere sollevava domande. «Vino, 1260 lire. Ma quanto ne abbiamo bevuto in due anni? Sei lire al fiasco di Chianti.» Faceva la divisione. Calcolava 1.260 lire erano 210 fiaschi, due litri al fiasco, 420 litri. Tanto da annegarcisi.

E non ci metteva il tabacco, che non figurava nella lista, perché il tabacco lo pagava sull'unghia.

Così passava subito al conto del fornaio. Tanta pasta, tanto riso, tanta polenta e tanto pane. Alla voce pane si fermava. Avrebbe voluto chiamare Salvatore. «Ma quanto pane consumi? – Era lui il gran mangiatore di pane. – Ma sai che ne mangi di più del cammello del circo Kluskey? Frenati, caro, frenati.»

Carne? Un conto spropositato di vitello e di manzo. Ai miei tempi, pensava, eravamo meno esigenti. Trippa, coda di manzo, barboni, coratella. Bisognava che stessi più attento alle spese. La Redenta ha le mani bucate.

Non era vero. Era lui che ordinava, era lui che si deliziava degli intingoli, dei risotti, delle paste condite; lui che godeva dei minestroni e delle minestrine con le erbette, riso e bruscandoli, riso e ortiche, riso e bruschi, riso sedano e pomodoro. Fantasticava. Ecco il totale sicuro. Sono in debito coi fornitori di 9810 lire. Amen.

Adesso gli pareva di aver capito tutto, l'orizzonte gli si rischiarava mostrandogli un promettente squarcio di azzurro. Dare e avere. Se avesse venduto la bottega (vuota) per ventimila lire, pagati tutti i debiti, gliene sarebbero rimaste almeno diecimila; e rosicchiandone un poche al mese poteva vivere un paio d'anni mostrando ogni giorno la faccia pulita.

Intanto doveva cercare fra i preti qualche cliente onesto. I preti non guardano mica se hai la tessera del fascio in tasca.

Certo doveva trovare una nuova bottega da prendere in affitto; e in questo affare, lui pensava, il Moro gli avrebbe dato una mano. A ben pensarci il Moro era un uomo industrioso che dormiva con un occhio solo.

Così si erano messi, col Moro, a fare progetti. Secondo lui, Ugo doveva far aspettare il Massariotto, tirare la corda, ma non troppo. Forse aveva capito che cosa costui volesse fare della bottega:

una casa di appartamenti, magari per andarci ad abitare. Il Massariotto non sarebbe scappato. Stava in piazza dei Signori ogni giovedì ad aspettare i clienti come un falchetto aspetta la lepre che esce allo scoperto, e si butta giù; e, dopo avergli fatto un po' di moine, con una buona beccata gli cava il fegato. Il Moro aveva preso le sue informazioni sul valore della bottega: ventimila lire erano il suo giusto prezzo.

«Questo sarebbe il momento buono – diceva, – ma lei non ne vuol sentire parlare. Fra un mese bisognerà accendere la stufa.»

Mio padre era rimasto sorpreso da quella prospettiva. «Intendo dire che avremmo tutte le eventualità dalla nostra parte – continuava – anche il compratore pronto. Tanto al Massariotto interessa il terreno e non la casa. Lui butta via tutto. E noi, allora, facciamo un bel fuoco.»

«Tu la devi smettere con questa storia del fuoco – replicava Ugo, – adesso che stiamo per montare a cavallo, non ce n'è bisogno.»

«Come crede» replicava il Moro laconicamente.

La commedia della vendita della bottega andò per le lunghe. Intanto il Moro aveva adocchiato un bel capannone con tre divisori per settantacinque lire di pigione al mese; ma il Massariotto, pronto per la stipula dell'atto, pareva scomparso. Stette quattro settimane senza farsi vivo, e mandò a dire che stava trattando una campagna nel padovano.

Tornò a vedere la bottega, la girò, disse che per i servizi cui era stata adibita, gli pareva che i muri avessero resistito abbastanza. E rideva come uno sciocco. Allora per metterlo di fronte ai fatti mio padre gli disse che vendeva la bottega per ventitremila lire; e quello inferocito dalla richiesta gridò che non sarebbe più tornato.

Il Moro andò a cercarlo. Lo pregava a nome dello scultore, di tornare a fare la propria offerta. Non era il caso di andare in collera e voltare così le spalle. Gli affari sono affari e si discutono. È da villani voltare le spalle a persone rispettabili.

Il Massariotto ridacchiava dicendo che oramai aveva capito che il signor scultore aveva bisogno di vendere; e il Moro pronto, a rispondergli che non c'era un solo acquirente sulla piazza e che altri potevano farsi avanti. E con l'impudenza che gli era propria gettò là un nome che dovette colpire l'acquirente.

Così la trattativa si riaperse; e ognuno poté, con astuzia giocare le proprie carte; ma ogni tanto la partita si arenava, il discorso incagliato nelle secche riprendeva da capo. Che cosa sarebbe costata la demolizione dell'immobile? Che cosa si sarebbe ricavato dai rottami rimasti? Venne chiamato Biasiolo, che di demolizioni e ferrivecchi se ne intendeva, e offerse al Massariotto ottocento lire. Così il prezzo dell'immobile venne fissato in ventimila lire.

Furono le ottocento lire di Biasiolo che sbloccarono la situazione. Qualche giorno dopo venne steso il preliminare del contratto di vendita; e in bottega cominciammo a mettere le basi del trasloco. Non si trattava di un traffico da poco. Ci volevano settimane a compierlo. Ma intanto il capannone con i tre divisori adocchiato dal Moro era stato affittato a un commerciante di surrogati di caffè; così, avrebbe dovuto rifare il giro della città per trovare un'altra bottega.

25

Il campanello della bottega aveva suonato, ma né io né il Moro eravamo andati ad aprire la porta. Erano settimane che non lo sentivamo picchiare, e non avevamo nessuna curiosità di vedere in faccia quello che lo avesse suonato.

Dall'uscio semiaperto della stanza di Ugo si sentiva parlare, le parole arrivavano confuse. La voce dello scultore era precisa.

«Molto onorato.»

«Piacere.»

Parlava una voce femminile, rauca e rotonda. Poi il tono di questa si era levato, chiaro e robusto. «Oh, quanto mi dispiace! Ma il contratto è proprio concluso?»

«Concluso il preliminare, e firmato.»

C'era stata una pausa di silenzio, dopo il quale si era udito il rumore di una sedia strascinata. La visitatrice, forse seduta di fronte allo scultore era leggermente affannata.

«Allora non c'è proprio più nulla da fare» diceva lei.

E Ugo: «Penso proprio di no. Amenoché lei non rivolga la sua richiesta al cavalier Massariotto, nel caso in cui il mediatore desideri rivendere l'edificio. Lo può incontrare in piazza dei Signori ogni giovedì, giorno di mercato.»

«Oh, per carità, non voglio trattare con sensali o intermediari – aveva esclamato lei, – è gente volgare.»

La signora che aveva parlato si era chiusa anche l'ultima porta che mio padre le aveva socchiuso; ma il dialogo era continuato in un parlottio breve e secco.

«Avrà avuto il suo interesse» diceva lei.

«Certo, signora, senza interesse non si compera. Del resto il sensale aveva capito che dovevo vendere e abbiamo tirato sul prezzo tutti e due.»

«Posso sapere, se la domanda non è troppo impertinente, su quale base avete concluso? Mi scusi, capisco che sono indiscreta, ma nel caso...»

«Ventimilaottocento lire.»

«Oh, Signore misericordioso – diceva lei, – Signore, che favorisci sempre gli imbroglioni.»

«Secondo lei sarei stato imbrogliato» diceva Ugo un po' indispettito.

«Io avrei pagato anche venticinquemila» diceva la signora.

«Lei lo dice ora, perché va sul sicuro» replicava Ugo.

Si erano alzati perché si udivano le sedie muoversi, qualche passo per la stanza. La visitatrice, che avrebbe voluto comperare la casa era apparsa nel vano dell'uscio. Salvatore aveva avuto un sussulto.

Era una donna imponente, massiccia, alta quasi due metri, vestita di seta nera, il *décolleté* pieno di lustrini. I capelli tinti di un nero che dava al viola le incorniciava il viso bistrato e incipriato, gli occhi scuri e la bocca scarlatta.

«Buon giorno – diceva rivolta al Moro, – ciao, caro» continuava venendo verso di me e dandomi un buffetto sulla guancia; e allungava gli occhi alla terza stanza.

«Bello, spazioso» diceva, e restò a guardare le travi del soffitto come cercasse qualche cosa.

«Che peccato!» diceva parlando a se stessa.

Tornava sui propri passi. Evidentemente il suo colloquio con Ugo non era finito.

«Com'ero affezionata a questa casa – diceva *madame*, riprendendo a parlare come avesse appena lasciato il filo di quel discorso. – Vi ho passato notti indimenticabili con gli amici che venivano dal fronte pieni di gloria. Era l'anno della nostra rivincita sul Piave. Giovani pieni di fegato e di onore, arditi! A volte, dopo l'orario di chiusura della casa, sedevano nelle salette, al caldo, e cantavano gli inni della patria. Li ascoltavo e li guardavo, erano belli e potenti; e pensavo, forse non li rivedrò più. Invece tornavano più forti e più sicuri della vittoria. Erano larghi di moneta, portavano regali. Ah, che bello!»

Ugo, non si aspettava un simile sfogo, osservava il viso bucherellato di *madame* con una specie di ribrezzo: sembrava colpito in pieno da una scarica di pallini.

«Lei mi domanderà perché ci tenevo tanto a comperare questa casa. L'avrei rifatta per abitarci con mio marito, che ama tanto la vita tranquilla di questa contrada. Pensavamo già di farci un balcone al quale sedere nelle notti d'estate. Viene, dall'orto qui dietro, un buon odore di verde.»

Madame si accomodava l'abito spianando le pieghe. «Eppure – diceva, – non mi rassegno ad aver perduta questa occasione. Non si potrebbe, con qualche lusinga, sentire il cavalier Monterotto...»

«Massariotto» correggeva Ugo bonariamente.

«Ecco, Massarotto. Dicevo, non si potrebbe lusingarlo a rivendere?»

Ugo aveva chiamato il Moro; e dopo avergli spiegato la brama di *madame*, lo invitava a fare il tentativo: un'offerta sostanziosa forse poteva indurre il sensale a prenderla in considerazione.

«L'offerta potrebbe essere?» domandava il Moro laconico.

Madame, chiamata in causa a impostar l'affare, lo guardava. «Ventitre – rispondeva, – per trattare.»

«Sarebbe un bel guadagno per il cavalier Massariotto» borbottava il Moro.

«Bene, se credete che vi bastino otto giorni, io – fra otto giorni – sarò qui.»

Aveva salutato e se n'era andata. Fuori dalla bottega l'aspettava un'automobile chiusa.

«Guarda un po' – diceva Ugo, – se devono capitare tutte a me. Anche costei! Come si chiama questa signora? Diavolo, doveva almeno scrivermi il suo nome e l'indirizzo – diceva. – Beh, tornerà.»

«La matrona è venuta per una visita di piacere» diceva il Moro.

«Cosa vuoi dire?» diceva Ugo.

«Una visitina ai locali, intendo, un'occhiata panoramica» insisteva.

Una mattina il Moro tornò con la novità; il Massariotto era disposto a trattare la vendita, purché la compratrice avesse pagato subito. Nemmeno un centesimo meno di venticinquemila. E poiché stavolta il Moro agiva come sensale, sia *madame* che il venditore avrebbero sborsato la mediazione, secondo l'usanza. Passati otto e poi quindici giorni, il Massariotto un giorno si era fatto vivo.

«Beh, ci sono novità a proposito della tua matrona?» aveva domandato al Moro.

«Mai vista.»

«Avvertimi se si fa viva.»

L'idea che *madame* fosse scomparsa, senza dare un minimo segno, non impensieriva il Moro, ma turbava Ugo. E passarono due mesi. Una mattina il portalettere suonò alla porta e consegnò a Ugo una lettera. Eccola.

«Signor professore, la mi scusi se mi sono spostata circa la sua casa già venduta; ma non ho resistito alla voglia di visitarla com'era ridotta dopo tanti anni passati, e di parlare con lei. E poi credo di aver disturbato il suo aiutante con l'insistere perché parlasse con il cavalier Monterotti. Ma il fatto è che quando sono entrata nel suo negozio mi sono venute in mente tutte le avventure di quegli anni. È stato un mio sbaglio venire e girare. Io giravo e pregavo il Signore di ispirarmi, io vorrei vivere qua, pensavo per richiamare in mente quegli anni, e mi è venuto un magone da morire. Alla notte non ho dormito e il giorno dopo ho girato come una matta. Ho perso i sonni; e appena chiudo gli occhi di notte mi par di sprofondare. Mi scusi, signor scultore anche col suo aiutante e mi creda solitaria Virginia, che non è il mio vero nome, ma tanto per firmarmi...»

PARTE SECONDA

1

Qualcuno deve aver scritto: «Homo sine pecunia est imago mortis.»

Mi sentivo in quei giorni prossimo al mortorio, affannato e debole, incapace di inventare qualche cosa che si potesse vendere. E strolegavo perfino di fare un mestiere schifoso, pulire le fogne con l'impresa del cavalier Tullio Fortunato, portando alle botti secchioni di liquame per cinque lire al giorno; o, peggio, rubare di notte nei cantieri della Casa del ferroviere pezzi di tubi di piombo o tondino di ferro abbandonati nel deposito.

Svendetti per poche lire qualche vecchio libro che mio padre non toccava da anni e mi preparai a dirgli – se si fosse accorto della sottrazione – la frase latina. Era, in buona fede, il padrone di bottega più incompresivo che avessi fino allora incontrato.

Lui, che mi vedeva neghittoso e facile al malumore, mi incitava a fare qualche pupazzo capace di divertire, come quelli del tiro a testoni, da vendere a qualche massaro, perché lo piantasse in cima a una picca, in mezzo a un campo. L'idea mi era piaciuta; e imparai a lavorare la cartapesta su un supporto di rame e poi a dipingerla.

Mio padre rideva dicendo che facevo i pupazzi troppo sul serio, potevano essere usati a carnevale – se a quei tempi il carnevale fosse stato di moda. Ma il littorio lo aveva ammazzato da una stagione all'altra.

Mi ridussi a domandare lavoro al Francese, che prosperava con le sue bomboniere, angiolini, cucche – specie di piccoli flauti a canna corta con quattro buchi – e poi acquasantiere e altre sciocchezze; e lui, subito, mi rispose proponendomi le solite piastrelle con immagini alla moda; e me ne mostrò un mazzetto nelle figurine delle cioccolatte. Gli dissi che erano uno schifo. Facesse degli stampi e gli sarebbero costate meno. Così ci salutammo.

Da in cima alla scala mi aveva detto: «Non è mica una cattiva idea quella di farle con gli stampi. Oggi le cose più belle sono fatte con lo stampo. Mi hai dato una bella idea. Ciao.»

Con questa fantasia degli stampi, di stampare

qualche cosa alla moda, una sera entrai alla Scuola serale di Disegno nell'aula degli orefici; e stetti a guardare i balordi che sbalzavano i loro piatti di rame in stile barocco o incassavano pietre colorate nelle spille e nelle borchie che le donne si mettono addosso e portano nello scollo sopra le tette, o alla cintura. Domandai al maestro Zanotto una piccola lastrina e il permesso di sedere là e inciderla.

Zanotto mi servì con affabilità persuasa e rapida, mi allungò dei bulini, ma mi consigliò di usare due punte a lingua di gatto. Immaginava che volessi fare delle piccole figure. Invece scavai nel metallo una vedutina. Qualcuno la dovette stampare su un foglietto di carta assorbente, perché una sera me la trovai sul banco della scuola.

Ero sicuro di venderla almeno per sei lire, ma ne avrei potuto stampare, dalla lastra, almeno una ventina.

Forse il Francese aveva una clientela. Gli feci vedere la prova di stampa e si mise a sogghignare. «Non è roba per me – aveva detto, – la moda della gente è un'altra.»

Gli risi in faccia per non replicargli che clienti ne avrei trovati di mia iniziativa e glielo avrei fatto sapere.

Raggiavo dalla contentezza di aver scoperto un mestiere nuovo che mi piaceva e che doveva incontrare il gusto della gente; e a testa bassa, come sempre mi succedeva per le novità che incontravano i miei estri, cominciai a incidere a scuola e fuori dalla scuola. Non vendevo un foglietto, ma non m'importava nulla.

Una processione di donnine nude, che saliva verso uno stendardo dove appariva il sole e la scritta «Mater castissima», mandò in bestia un bigotto, che l'aveva vista nella vetrina di un mercante di colori; e mi feci la fama di libertino. Però avevo sempre le tasche vuote. Dovevo comperarmi, per quattro lire, *Il vino nuovo* di Zoscenko e *La fossa* di Kuprin, per distrarmi da quella galera. Fumavo cicche, ma i libri li comperai.

Fu in quei mesi, tornando dal Francese per sapere se avesse cambiato parere sul mio lavoro, che conobbi Martino, un vecchio fornaciaio che governava le muffole della bottega, e scambiammo qualche parola sul suo lavoro. Mi disse che avrebbe potuto, di nascosto, cuocere le mie testine invetriate, che sarebbero state più preziose: così senza conoscermi, mi trattò come il suo lontano avo Martino, che aveva tagliato per il diavolo metà del tabarro. Le testine le avrebbe ficcate in un angolo del forno, dove le fiamme salivano piano per gli sfiatatoi.

Così diventammo grandi amici.

Martino aveva inventato un traffico speciale per quel lavoro nascosto. Lavorava di notte, solo. Se avessi visto la finestruola della sua torretta con la luce, potevo entrare col mio fagotto incartato. Lui lo prendeva con le mani delicate, e dopo averlo scrutato e girato alla luce dava, con un palo, qualche giro al mastello di vernice bianca come latte; e vi immergeva la mia testina cappelluta e sbilenca. Poi la faceva entrare nel cavo della muffola, in piedi.

Ora chiudeva il forno con mattoni piccoli, stuccandone le fessure; poi, masticato un pezzo di sigaro, guardava il lavoro fatto, si faceva il segno della croce e accendeva il fuoco nel fornello. Eppure non era uomo di pratiche religiose.

Quelli d'estate furono bei mesi. Martino era stato talmente generoso da comperare una delle mie testine gotiche per trenta lire. Ebbi il coraggio di accettarle. Diceva Martino che ogni lavoro dell'ingegno deve essere pagato; perché soltanto quando si paga – anche poco – dai il segnale che l'opera vale.

All'improvviso il vecchio fornaciaio partì per Faenza. Era stanco, oramai aveva ripugnanza per la muffola, il fuoco, la notte insonne; o forse aveva avuto qualche dissapore col Francese, che tuttavia non disse.

Disponeva di qualche risparmio che, con la pensione, lo avrebbe aiutato a vivere. Insomma partì con tutti i suoi bauli e valigie, e pareva diretto verso una terra lontana, di là dal mare.

2

Il Massariotto tornò alla nostra bottega di scultori – ex casino – con l'avviso di tenerci pronti a traslocare. Così ripresi a correre per la città in cerca di locali per portarci i nostri ferri di lavoro, gli attrezzi e i trespoli, i modelli da salvare. Mio padre ripeteva di aver fatto senza fortuna una ricognizione per la città, cercando (dopo aver perduto il locale buono trovato dal Moro) il posto ideale.

Aveva le gambe spezzate dalla stanchezza. Io avevo parlato con gli spazzini comunali e coi postini, che sapevano tutto delle vecchie case e delle stalle disabitate. Aspettavo sempre una risposta.

Il Moro, che era stato anni nella nostra bottega a scolpire i suoi animaletti, pareva scomparso.

Mariano della Casa era venuto a raccontarci che l'uomo stava costruendo, sul proprio terreno, una barchessa per farne una bottega. Col tempo avrebbe installato una stufa di ghisa, promessa dal parroco di Cavazzale, che stava rimodernando il ricreatorio.

«Guarda un po' – diceva mio padre ad alta voce, – uno nasce con la camicia, un altro – per le sue idee – si riduce nudo e crudo. Dovevo immaginarlo che quella volpe, un dì o l'altro, ne avrebbe combinata una nuova!» E girava per la vecchia bottega in disarmo come una belva in gabbia.

Me lo figuravo solo, al tavolo, a leggere. Lo avevo visto un giorno con un grosso quaderno aperto, le pagine fitte della sua bella calligrafia; ma quando ero comparso sull'uscio lo aveva chiuso.

«Dovresti scrivere le tue memorie di guerra» avevo detto.

«Ah, perché non ne sono state pubblicate abbastanza? – domandava. – Non bastano quelle di coloro che ci si sono dedicati, imboscandosi in qualche ufficio e nelle retrovie? E poi facendo soldi anche sulle disgrazie?»

«Che soldi vuoi che abbiano fatto» gli replicavo.

«Ah, ti par nulla! Tre edizioni del *Diario di un imboscato* di Attilio Frescura. Migliaia e migliaia di copie. E poi la fama e... la gloria – borbottava. – Come potrei aver voglia di scrivere – diceva, – il sangue, i morti, e le granate della Strafe-Expedition? Siamo stati a un pelo che i tedeschi ci spingessero a rotoloni da Camporossignolo fino a Lusiana, Breganze, Marostica e Bassano! Che giornate! E dire che il nostro esercito, a Granezza, aveva disseminato le fortificazioni e disposto le bocche da fuoco per chilometri. E malgrado questo gli austriaci sono arrivati proprio sul ciglione della montagna a vedere Vicenza. E noi a sparare. Dove sparavamo, Dio lo sa! Perché i reggimenti nemici conquistavano posizioni su posizioni e di là ci infilavano come uccelletti nello spiedo. Invece, quando l'inferno sembrò essere arrivato al colmo, ecco che smisero di bombardarci. Passarono ore di silenzio, poi un giorno intero. Infine sapemmo che gli austriaci si ritiravano: come avessero avuto il fuoco acceso sotto il culo. E fu allora che il generale comandò ai nostri reggimenti di avanzare verso Asiago. Che guerra matta! Un giorno, tornato da una ricognizione, non trovai più la mia baracca. Colpita da una granata, saltata in aria.»

Pareva seguisse il filo di pensieri ritrovati.

«Dopo una licenza di due settimane – continuava, – ci spedirono sui fronti dell'Isonzo. Dico fronti perché ce n'erano almeno una decina, e cambiavano di continuo. Avevamo un comandante supremo che sarebbe stato bene fra i reticolati, sotto il fuoco dei cecchini. Chissà che cos'eravamo, per lui, noi soldati: soggetti da ammazzare in fretta per far masiere. Così siamo arrivati a Caporetto. Non farmici pensare, siamo stati gli ultimi a ritirarci verso il Piave. Abbiamo fatto la strada di Cristo che sale al Calvario.»

Si era fermato.

«Quando sono tornato a casa mi sembrava di essere uscito da un manicomio – diceva, – prendevo in mano i ferri di lavoro e mi scappavano dalle dita, la penna si impiantava sulla carta; e quando mettevo le dita nella creta sentivo il gelo salirmi dai polsi alle spalle; e se mi cadeva a terra uno scalpello, mi sembrava una fucilata. Poi, piano piano... Dimmi piuttosto: hai trovato dei locali in qualche palazzo, adatti al nostro bisogno? Sai, stanzoni con belle volte a crociera che tengono il fresco d'estate e il caldo d'inverno. Una mattina o l'altra, arriverà il Massariotto; e dovrò andare dal nodaro per la stipula.»

Non gli avevo ancora detto di aver visto certi stanzoni in disordine, a ridosso della chiesa di san Faustino: sporchi, fumosi, qua e là con gli intonaci cadenti. Avevo trattato con un avvocato un buon canone d'affitto. Certo ci sarebbe voluto del denaro per renderli abitabili; ma non potevamo, con l'acqua alla gola, pretendere di più.

«Se trovi qualche cosa di bello, mi avverti» diceva.

Ora, pagati i debiti, stringeva in tasca nove biglietti da mille. Diceva, con quelli si possono fronteggiare le tempeste. Avremmo potuto comperare, fuori porta, un rudere, un campo; e in poco tempo farci il nostro posto di lavoro. Era l'idea segreta – ma non tanto – di mio padre. Come il Moro, ladruncolo spregiudicato che faceva sul suo una bella barchessa con finestroni a nord; ma noi l'avremmo scaldata, diceva, senza aspettare l'obolo della stufa del prete di Cavazzale.

Invece in casa erano del parere che le nove carte da mille dovesse tenerle strette, che non scappasse nemmeno un foglietto da cento. Così, quando il Massariotto venne per annunziare il giorno durante il quale la stipula doveva essere sottoscritta, dissi a mio padre dei locali in disordine. Oramai non c'era da scegliere. Quelli erano.

Dovevamo andarcene dall'ex-casino, allegri che qualcuno avesse comperato lo stabile e pagato un soldo sull'altro; e ringraziare il Moro, senza dimenticare che, fosse stato suo, lo avrebbe incendiato una notte d'inverno, introitando l'assicurazione contro l'incendio e vendendo il terreno per farvi una nuova casa.

La baraonda del trasloco venne compiuta in tre giorni.

Mio padre, messo il naso sulla porta dei locali presi in affitto, gli aveva voltato le spalle rabbiosamente. Poi era tornato fiutando l'aria del primo stanzone; ma non aveva fatto un passo avanti, verso gli altri locali.

3

Le lastre incise, muffite e ossidate, ormai inservibili non avevano reso due soldi. A che cosa giovava escogitare novità come questa, se poi, consegnati i foglietti stampati ai mercanti di colori, nelle librerie e alle mostre delle vetrine, non riuscivo a venderne una? Era colpa dei mercanti o delle stampe?

Ogni tanto riuscivo a comprarmi un pacchetto

di trinciato e cartine, facevo sigarette forti e sottili; e intanto tenevo d'occhio il libretto a risparmio dove mio padre aveva depositato le novemila lire.

Intanto gli uomini di Scambi sbiancavano i muri dei nuovi stanzoni, rifacevano gli intonaci e il pavimento rotto; e le donne delle pulizie nettavano i vetri. A poco a poco i locali prendevano un aspetto decente, l'odor di salnitro nei muri era quasi scomparso.

Era un posto sbagliato per farci una bottega, là sarebbe stata intonata una cantina di vini, con bei tavoli di noce lustro e sui muri le stampe popolari dei *Vespri siciliani*, del *Rigoletto* e del *Ballo in maschera*, l'albero della Cuccagna e l'apparizione della Vergine, a Monte Berico, alla vecchina Vincenza Pasini. Dietro il bancone doveva troneggiare il vecchio Eugenio Orso, con la sua pipa fra i denti e i fiaschi di vino allineati sulle mensole.

Una sera, prima che ci levassimo da tavola, mio padre diceva di aver visto da lontano, passando di là per caso, la barchessa che quel ladruncolo del Moro era riuscito ad avviare sul suo: poca roba, muri di pietra ad altezza d'uomo, non poteva dare un giudizio; ma somigliava, a studiarne l'impianto, piuttosto una stalla che un locale da lavoro.

«Però è sul suo» diceva mia madre.

«Anche noi costruiremo sul nostro – replicava lui con prontezza. – Ho messo gli occhi su un bel pezzo di terra...»

«No, per carità – supplicava lei, – imbarcarci in altri debiti.»

«Questi non saranno debiti – rispondeva lui in tono saccente, – ma denari messi a fior di interessi. Una bella terra in un posto topico, che passando anche gli orbi vedano la nostra insegna. Bisogna mostrarci, far sapere chi siamo.»

Dal tono con cui aveva parlato era chiaro che la terra l'aveva già comperata; almeno con un preliminare d'acquisto; e data una caparra.

Accendeva adesso un altro debito, o era sul punto di farlo? Non tollerava l'idea che quel suo operaio industrioso fosse riuscito, lavorando come un asino attaccato al carro, a mettere almeno le fondamenta della barchessa.

Gli mancava la paura di fare altri debiti, la certezza di essere in disgrazia dei potenti, calpestato in silenzio. Voleva sognare un posto tutto per sé, dove parlare e cantare magari gli inni del suo partito, mai morto nella sua fantasia. Ne aveva diritto.

«Non sono debiti – avevo detto con un filo di voce. – Erano denari suoi, di casa.»

«Ecco, sono soldi nostri, guadagnati coi miei sudori – diceva teatralmente mio padre, – non devo risponderne a nessuno.»

Giusto, pensavo, ha il diritto di sognare anche lui, un bel locale fra gli alberi, costruito sul suo. Bisogna essere giusti al mondo. Intanto, per qualche mese, si adatterà alla nostra cantina. E mi arrotolavo una sigaretta sottile come un fiammifero.

4

Ero tornato a lavorare dal Francese per non morire di inedia a causa del mondo; e gli facevo oramai quello che mi ordinava, pieno di schifo per i suoi pupazzetti dipinti sulle piastrelle da muro, sui piattini portacicche. Ero talmente assuefatto al lavoro che il mio pennelluzzo correva da solo sulle superfici arse delle terraglie. Il Francese pagava regolarmente ogni settimana.

Un giorno venne a propormi dei nuovi soggetti; e per spiegare meglio le sue idee portò delle cartoline africane con uomini che suonavano tamburi e donne ballerine; e, nei fondali, cammelli e dromedari. Gli domandai se erano della partita anche tigri e leoni. Sorridendo disse di no. Erano i balli dei selvaggi, che andavano di moda nei giorni in cui si parlava della guerra in Abissinia. Dovevo abituarmi a quegli esercizi di calligrafia color cioccolatta, richiesti dal mercato dei suoi clienti.

«Il committente ha sempre ragione – diceva mio padre che ascoltava le mie proteste, – da che mondo è mondo, è il committente a farci sapere quello di cui il pubblico ha bisogno. In antico, quando comandavano quelle canaglie dei preti, chi ordinava quadri o statue? Loro; e se l'artista era artista, eccolo ideare capolavori.»

Così mi liquidava. Una battuta impropria, stonata, assurda, gli era bastata per rovinarmi la vita. Non fossi riuscito col mio lavoro ad accontentare il Francese, la colpa era sola mia; e dunque ci mettessi la mano più felice possibile, non l'ingegno, che non c'entrava. La mano, solo quella. Anche per decorargli pitali, per le signore che si svegliavano di notte coi loro bisogni, se il Francese lo avesse desiderato.

Intanto, mentre passavo dall'uno all'altro dei soggetti africani, mio padre mi aveva indicato il terreno comperato e pagato quattromila lire, sul quale costruire la sua bella barchessa; e già aveva messo i paletti per avere, dal capomastro Scambi, un parere sul posto prescelto.

Era stato proprio il capomastro a rimettere in sesto i sogni del suo cliente. Il posto prescelto era buono, il terreno solido. Gettati gli occhi sullo schizzo aveva fatto della barchessa un conto a braccio. «Costerà suppergiù ventimila lire», sentenziava.

Mio padre era rimasto come fulminato. Non avrebbe mai immaginato che i suoi sogni potessero essere presi a pedate da una cifra così brutale.

«Ci penserò» diceva sottovoce. E si erano salutati.

Scambi non lo aveva detto; ma quando era tornato per il saldo dei rappezzi fatti ai nostri stanzoni e la calce stesa sui muri, gli era scappato detto che al professore (alludeva a mio padre) non conveniva costruire la barchessa, non erano tempi favorevoli; ma che, avesse desiderato vendere il terreno acquistato, millecinquecento lire poteva darle lui. Gli raccomandai, a quel punto, di non fare l'offerta; mio padre non avrebbe venduto.

5

L'ultimo della classe, l'analfabeta, cacciato dal ginnasio e finito per castigo a lavorare nelle botteghe cittadine a sei lire la settimana, che cosa poteva scrivere? In un foglietto parrocchiale era stato pubblicato, gratis, un mio raccontino dal titolo: *Non sono artista ma si fa per vivere.*

Era la storia di un ragazzolo che, con i gessetti colorati, aveva abbozzato una scena con la *Madonna e i santi* sul marciapiede dove nessuno pestava; e aveva inalberato l'insegna di aver fatto, a dir poco, quella specie di ex voto per non morire di fame. La gente girava intorno all'immagine, guardava, e gettava qualche soldino.

Avevo scritto la storia di quel marmocchio inginocchiato e dei suoi colori, della sua frase scritta in rosso. Un redattore del quotidiano locale l'aveva letta sul foglietto parrocchiale ed era andato a bisbigliarla al direttore, cui era piaciuta. Così il redattore mi aveva cercato e detto che se mi venivano altre buone idee, potevo scriverle e mandarle al giornale.

Ero caduto dalle nuvole per la sorpresa; e subito avevo consegnato al redattore la storiella del *Gobbetto sfortunato* e quella del *Ricco povero*, al quale – morto – avevano ritrovato nel paglione un mucchio di carte da mille. Il redattore mi faceva grandi saluti per la strada e mi strizzava l'occhio in segno d'intesa.

Era bello vedersi pubblicati in cronaca, col proprio nome, anche se il quotidiano non pagava.

Forse, più avanti, avrebbero mandato – diceva il redattore – un centinaio di lire. Intanto dovevo lavorare gratis perché così volevano i destini della patria.

Io stavo sulle mosse e continuavo a scrivere. Non era una cosa da nulla, per l'ultimo della classe, vedersi pubblicato sul giornale. Nessuno dei bravi a scuola aveva avuto questo onore. Soltanto il collega Tanelli scriveva di musica, ma era un tecnico, parlava di concerti e di concertisti famosi.

Il Francese era la sola persona a tener conto – senza pagarlo – di quel mio successo letterario. Lui parlava e contava le mie piastrelle dipinte, i portacicche, i piattini da *dessert*.

Anche mio padre leggeva i miei raccontini senza dare giudizi; anzi faceva finta di non accorgersene (ma li ritagliava e metteva in un suo libro). Oramai savariava a proposito della barchessa che avrebbe costruito sul suo, non appena i tempi fossero cambiati. E ogni tanto andava di nascosto a vedere la sua terra e ci sognava, com'è giusto, senza nessun fondamento reale. Altrimenti il suo non sarebbe stato un sogno; e intanto i muri della barchessa del Moro salivano, avevano raggiunto il cornicione dove posare la grondaia.

Un giorno mio padre mi aveva domandato quante palanche il giornale pagava i miei raccontini. Mai gli era scappato di dirmi che li aveva letti. Ora gli piaceva sapere se avevo incassato qualche decina di lire. Gli risposi che lavoravo gratis.

«Stile fascista – diceva, – e il direttore lavora gratis? Perché mi risulta che sia pagato profumatamente. Voglio dire: duemilacinquecento lire al mese.»

Non trovavo parole per rispondere.

«Scrivigli che sei povero, che hai bisogno di guadagnare», diceva lui per attizzarmi il focherello che mi era scoppiato dentro ad ascoltare quella notizia.

E io, irritato: «Non gli scriverò nulla. Non siamo una famiglia di signori? Tu sogni la tua parte, sul tuo campo di terra, io la mia. Il giorno in cui comincerai a costruire la nuova barchessa, mi presenterò al direttore domandandogli che mi paghi.»

«Non sono d'accordo, ma fai pure di testa tua – diceva, – però lo conosci quel direttore? No? Io, invece lo conosco; di vista, si capisce. Fa bella vita. Veste come il padrone del mondo. Gli manca solo una bella *Fiat* alla porta di casa.»

«Fa conto – replicavo, – che io lavorando dal Francese e dipingergli piastrelle schifose, abbia sulla porta di casa una *Lancia* coi cristalli. Mi pago i capricci, fumo *Tre stelle* e vado al cinema quando mi piace. Tu, invece, nemmeno metti il naso sulla porta dell'Edison quando fanno i film di Charlie Chaplin; e nemmeno vedi quelli del West. Non sai nulla dell'America dei pionieri, della guerra di secessione. E nemmeno ti occupi di letteratura di altri paesi. Leggi e rileggi vecchi libri, *I promessi sposi*, la *Vita* del Cellini, le poesie di Leopardi; rileggi Carducci e *Piccolo mondo antico*, e mai che ti venga in mente di sfogliare quei matti dei miei russi, come li chiami tu...»

«Ne leggerò qualcuno – diceva ridendo, – quando avrò qualche ritaglio di tempo. Li leggerò di sicuro.»

6

La lettera di monsignor Siton, scritta con la bella calligrafia corsiva, diceva di desiderare «dall'esimio scultore» – che sarebbe stato mio padre – una copia della *Madonna di monte Berico* con tutti i suoi adoranti sotto il sacro manto, in pietra di Vicenza. Siccome non era possibile pitturarla con i suoi colori, e mettergli sulla testa la corona a cupola con vere pietre preziose, avrebbe procurato una scatoletta con numerosi cristalli di varie tinte. Con quelli incastonati, anche sul petto, avrebbe fatto bella figura. Aspettava una risposta con un'offerta decorosa e i tempi di esecuzione.

Da molto tempo mio padre non riceveva una lettera simile. Dieci anni prima avrebbe mandato monsignor Siton al diavolo, specie per la trovata delle pietre incastonate.

Il prete era, pensavo vedendolo allegro, più viziato del Francese, perché voleva la copia di una scultura senza forma e, per di più, fornita dei falsi gioielli che la rendevano una pupattola da carnevale.

La risposta di mio padre al monsignore era stata eloquente: un mese a scolpire la Madonna e, quanto a denari, duemilatrecento lire. (Cioè il triplo di quello che avrebbe domandato a un prete qualsiasi).

C'era la questione delicata, scriveva a un certo

punto, delle pietre da incastonare. Si trattava di un'opera illustre. E così andò che monsignore venne a vederla quasi finita, una mattina, arrivando dalla Riviera berica con la ferrovia.

Monsignore era un bell'uomo, rozzo e nutrito, la tonaca impolverata di tabacco chiaro, che tirava poderosamente dalle grandi narici e le mani grassoccie dalle dita rotonde. Tolse di tasca una scatoletta di pastiglie di santa Fosca, l'aperse e mostrò le pietre come un tesoro. C'erano dentro cristalli di tutti i colori.

«Li distribuisca con arte sulla corona – diceva, – e se ne avanzerà uno, rosso o celeste, me lo conservi. Vorrei farmi un anello per le benedizioni.»

Aveva lasciato cinque carte da cento a sollievo del lavoro fatto. Il saldo lo avrebbe dato il giorno in cui, un suo parrocchiano fosse arrivato allo studio «dall'esimio scultore» a ritirare l'opera finita.

Due settimane dopo l'immagine venerata partì per Mossano, distesa fra la paglia di un carretto; e il conducente consegnò «all'esimio scultore», il saldo di ogni suo avere.

7

La «cometa» di monsignor Siton, apparsa e scomparsa nel cielo, poteva riapparire: il degno prete assicurò altre commissioni; e mio padre gli aveva risposto di essere pronto a «servirlo in ogni suo bisogno.» Monsignore non aveva replicato. Magari, diceva «l'esimio scultore», il prete tabaccone era sprofondato in qualche abisso. Forse aveva cambiato parrocchia, o magari era morto. Così Ugo andò in curia a domandare sue notizie. Il cancelliere, che lo aveva ricevuto, assicurò che monsignore godeva ottima salute.

«Perché gli corri dietro?» domandavo con ironia.

«Mi era simpatico – replicava lui, – gran pagatore, no? Vorrei trovarne tanti di preti fatti così.»

Gli dicevo che quello suo non era lavorare: era adoperare le mani come in un gioco; salvo, facendo quel tipo di sculture, che eccitava la superstizione dei semplici. L'arte era un'altra cosa. Lui, con le sue idee, doveva rifletterci. Inseguire i preti voleva dire rispondere in modo bugiardo alla sua propria coscienza.

Ebbi una risposta stupefacente. «Non me ne importa nulla. Dato che non posso scegliere, i preti – se vengono a portarmi lavoro – li prendo a braccia aperte.»

«Questo è un discorso da affarista», gli avevo

replicato voltandogli le spalle. Ed era una replica blanda, per non avviare in modo diretto la discussione che mi premeva.

Se invece dei preti fossero arrivati un giorno i giovanotti del Littorio? Che cosa avrebbero desiderato «dall'esimio scultore?» Un gran ritratto del duce, da mettere in bella vista nel loro palazzo? Come avrebbe risposto? Anche loro avrebbero pagato. Il denaro non ha scritto il nome di colui che lo spende. Il Francese era d'esempio.

Ero già sulle scale quando mi aveva raggiunto la sua risposta (ma era una risposta?). Diceva di essere stanco di quel vivere alla carlona, una commissione stupida a ogni morte di papa. Anzi era stanco di stare sulla frasca come un merlo, a cantare per nessuno. O a non cantare affatto. La luce del crepuscolo calava anche per lui.

8

I parenti, gli amici capaci di aiutarti.

Doveva essere esistito un momento, nella storia di quegli anni, il momento in cui si erano stretti l'uno all'altro, per aiutarsi contro le avversità. Più gli amici che i parenti, che si congregavano dando insieme delle spallate agli ostacoli e facevano fede della bontà del lavoro degli uni o degli altri. Perché contava il lavoro ben fatto.

Era la patente dell'onestà e della perizia con cui uno presentava le sue carte. Monsignor Siton, facendo la propria commissione della *Madonna di monte Berico*, queste cose aveva saputo dell'esimio scultore; le sue carte erano in regola.

Era un modo di dire invecchiato. Gli amici si erano dispersi, tiravano a campare in mezzo alle insidie del partito littorio, riuscivano a pensare solo a se stessi. Quanto ai parenti, Salvatore pensava che loro, di casa, non ne avevano.

Provava a contare i più facoltosi: lo zio orso, che abitava in un casamento somigliante a una caserma piuttosto che a una casa civile. Era un tipo difficile, scontroso e solitario, che viveva in mezzo alla sua azienda di argenti. Da quando era tornato, alla fine della grande guerra, dal campo di concentramento di Mauthausen, evitava i parenti. Viveva di medicine, faceva vita sportiva. Alla domenica compiva con gli amici dei grandi giri in bicicletta, scalando le colline prossime all'altopiano di Asiago.

C'era in Lombardia, fra Milano e Como, una cugina ricca a nome Dorotea – in effetti sorella di latte di mia madre – in fama di avara. Aveva sposato, giovanissima, un facoltoso commerciante di sete e viveva, raccontavano, come una principessa. Era stata lontana dalla guerra, e dei disastri successi nel Veneto non sapeva nulla.

Una volta aveva scritto una cartolina per dire che stava preparandosi a un gran viaggio in piroscafo, sarebbe arrivata a Rio de Janeiro per visitare la tomba di sua madre; e così era andata e tornata; e che fosse tornata lo avevamo saputo dalla zia Luigia, che viveva al Ricovero.

Era, costei, la parente povera, la più squisita delle signore delle nostre famiglie scomparse o disperse per il mondo. Veniva almeno una volta al mese a colazione mangiando come un uccellino. Era contenta di stare un'ora con noi e di ascoltare le nostre chiacchiere di saltimbanchi disgraziati, ora qua e ora là per i nostri lavori; e quando ci salutava domandava in regalo qualche vecchio giornale; perché – diceva – le piaceva leggere le novità di Milano e di Venezia, e soprattutto quelle di viaggi nei paesi lontani.

Aveva sempre ascoltato le nostre disavventure senza stupirsi; anzi pareva, sbocconcellando il suo pane o gustando le buone minestrine di nostra madre, che la colazione non fosse completa senza i nostri discorsi. Li ascoltava col viso illuminato dall'ombra di un sorriso, senza intervenire con le sue osservazioni.

Soltanto, alla fine di quella breve visita, ripeteva sempre un suo proverbio. «Sempre ben non può andare, sempre mal non può durare.» Noi sorridevamo a quell'augurio che rompeva la sua discrezione.

Era sorprendente. Si capiva che fosse vissuta per anni con persone abituate al silenzio, o a dire soltanto le cose necessarie. Aveva avuto anni di giovinezza difficili, seminati di invidie e di malizie, proprio quando era stata assunta dai «signori», come familiare; ma nessuna cattiveria era riuscita a cancellare dal suo bel volto il sorriso, a turbare la sua fermezza mite e orgogliosa.

A poco a poco aveva perduto la sorella e le cognate, ed erano rimasti i nipoti maschi e femmine, per i quali era oggetto di altre più vere considerazioni; e a mia madre era dispiaciuto quando – andati al Creatore i «buoni signori» – lei aveva desiderato ritirarsi al Ricovero, sola, per non dare fastidi a nessuno.

Alla fine della grande guerra, con la crisi degli alloggi, abitavamo una casa disagevole, con due stanze fredde. Non era stato possibile ospitarla con un minimo di agio.

Noi ragazzi, dal sangue bollente, potevamo portarci a letto i mattoni caldi, avvolti in pezzuole di lana; lei no. In camera da letto aveva bisogno almeno di tepore; e il Ricovero glielo aveva dato. Ma continuava a vederci, andava a far visita a mia madre. Infine, vinta la sua discrezione, aveva accettato di sedere a colazione con noi una volta al mese, come una parente che arriva da una città lontana.

Una persona che avrebbe potuto darci aiuto, era

lo zio orso che viveva come un orso; tanto per non rosicchiare alla svelta i nostri denari; o la Dorotea, in fama di avara. Ma Dorotea abitava lontano. Meglio diceva mia madre, lo zio orso. Lo avrebbe cercato lei, per parlargli. E infatti lo aveva visto; ma la risposta dell'orso era stata negativa, sgraziata e antipatica.

9

Finalmente l'esimio scultore – era tornata la buona stagione – si era rassegnato a frequentare il mercato del giovedì, in piazza dei Signori, come un massaro che deve vendere o comperare vacche e terreni; e imbattersi per fortuna in un cliente danaroso o un prete di fede.

Metteva, la prima volta, la faccia delle grandi occasioni, una bella camicia con la cravatta sgargiante e si incamminava. Sarebbe passato tra la folla, entrato alla Borsa Merci salutando col cappello alzato; e dopo qualche giro si sarebbe seduto al tavolino di un bar, come chi aspetta clienti. Tre caffè al mattino erano troppi, meglio mezzo bicchiere di bianco per i suoi nervi a fior di pelle. Avrebbe aspettato, come un cacciatore che si apposta dietro a una siepe, la selvaggina di passo.

Facce note non ne aveva visto; e mentre stava là

a guardare intorno, gli si era avvicinato, per sedere di fronte a lui, un tizio atticciato e rosso in viso; e subito dopo altri due giovani che avevano preso posto al suo tavolino senza domandare – come si usava – il permesso di farlo. Era una cortesia corrente; ma Ugo non aveva fatto in tempo ad alzarsi per pagare la consumazione che il tizio rosso in viso, rivolgendosi a lui, si era battuto sul risvolto della giacca; e con cipiglio altezzoso gli aveva detto: «Il distintivo, camerata, il distintivo.»

Ugo non ricordava più tardi che cosa avesse borbottato; ma si era alzato di scatto voltandogli le spalle; e quello lo aveva inseguito: «Se ne ricordi, camerata» aveva detto sempre con lo stesso tono.

Stizzito dall'insistenza dello sconosciuto, Ugo aveva reagito male: «Si occupi dei fatti suoi, signore», aveva risposto.

«Ma sono fatti miei», replicava quello insolente; ed era rimasto a guardare l'interlocutore che si mescolava alla folla.

La collera annebbiava la vista di Ugo. Arrivò in fondo al portico, scese le scalette verso la piazzola delle Erbe. «Ma guarda che coglione di zelante – diceva. – E se gli avessi risposto che non sono della compagnia dei suoi amici? Ti raccomandano perfino di portare sulla giacca l'insegna del partito senza sapere... Quello si sarebbe offeso, io avrei reagito.»

«Villano cialtrone, chi l'autorizza?» pensava di dirgli.

«Nessuno mi deve autorizzare. Sono il segretario federale di X.»

«Magari saremmo venuti alle mani. Io non sono uomo da alzarle per primo, ma provocato...» Ecco che cosa fantasticava.

Andava via svelto verso casa quasi avesse il provocatore alle calcagna. Forse era salito per le scale di corsa entrando in anticamera sbattendo la porta.

Non poteva tacere. Ansimava, nel viso contratto c'erano i segni della rabbia patita che gli correva per le membra abbandonate sui braccioli della poltrona. Si era asciugato il sudore dal viso, poi aveva raccontato in poche parole il fatto increscioso.

«Per fortuna non è successo nulla» aveva detto sua moglie.

Silenzio.

«Voglio dire, solo poche parole» insisteva lei.

«Solo parole», ripeteva lui.

Ecco: nemmeno la Piazza dei Signori, il giovedì di mercato, avrebbe potuto attraversare; sconosciuto, fare il giro come uno qualsiasi che guarda intorno agli archi della Basilica, il rudere di mattoni della Loggia e il Monte di pietà con la chiesa di marmo affumicato incastrata nel mezzo; o starsene fra le due colonne, seduto sul basamento come un foresto arrivato da lontano, che osserva la folla dei mercanti, dei contadini e dei mediatori; perché vi potevano essere dei nemici che lo guardavano in cagnesco.

Anzi, c'erano di sicuro degli individui capaci di domandargli che idee aveva sul littorio, sul partito, sul duce.

Lui avrebbe risposto che le idee sono quelle che uno possiede, come il sangue che ti corre nelle vene, e non puoi cambiarlo a nessun prezzo senza prostituirti.

Quelli, tagliando grosso come succede ai contadini: «Comunista, anarchico, bolscevico.»

Che idioti!

Intanto gli pareva di essere tornato in Piazza dei Signori, chiusa verso la Muscheria e la stretta dei Giudei; e perfino contrà del Monte; le porte di ferro serrate e le serrande abbassate, via Manin sbarrata da un cancello e santa Barbara alle sue spalle bloccata da un muro di pietre.

Soltanto lo slargo delle Biade era aperto e spalancata la porta del tribunale.

Diavolo, pensava, che cosa succede? La piazza ristretta, una stanzaccia storta, senza porte e finestre, era diventata oscura, gli pareva una baliverna sporca, i muri coperti di ragnatele e di mosche morte, e il selciato lustro d'acqua.

Gli pareva di aver sentito alla schiena stridere un cancello, e aveva piegato la testa sulla spalla come volesse dormire.

NOTA

La vita di Neri comincia quando l'orizzonte è infiammato dalle bombe della «prima guerra»: il bimbo, accanto al nonno Giovanni, sale in cima al monte Berico, come in loggione, per guardare il cielo rosso, mentre rimbombano i cannoni.

Cosa può ricordare un bimbetto di quei giorni terribili ed eroici? La luce accecante, il rumore che assorda e più forte di tutto la mano del signor Giovanni, la sua voce tranquilla, la certezza che un giorno, tra poco, sarebbe finita.

La storia e la scuola cominciano proprio il giorno dopo la vittoria: ma la pace ancora non c'è. Al fragore delle bombe, che resiste drammaticamente doloroso nei ricordi del padre che è stato soldato, si è sostituito il vociare della gente scontenta nelle strade, alle grida dei feriti si è sovrapposta la rabbia delle povere vittime della canaglia fascista che a forza li gonfia di olio di ricino.

Il bimbo, che ha negli occhi quelle antiche notti illuminate a giorno, è curioso e irrequieto: guarda attento quel che accade in città mentre dentro gli cresce profondo e tenace un desiderio di ribellione e di rivolta che non trova sfogo. La scuola – si sa – ripete severa quel che fuori a malapena si sopporta e impone ruvida e burbera il suo codice di sottomissione e di obbedienza.

Questa volta è l'Alfieri con la sua triste *Vita* che diventa il banco di prova di uno scontro spietato tra il fanciullo ostinato e l'autorità del professore: ha poco più di dieci anni e diventa «l'ultimo della classe», sdegnosamente cacciato dalla scuola per esempio di tutti.

Che tempi! In silenzio raccoglie i suoi libri, Alfieri compreso, e ricomincia daccapo. Quando la scuola non sa di che farsene, tocca alla vita di allevare i ragazzi, e il nostro discolo insofferente getta libri e quaderni alle ortiche e, ancora bambino, deve cercarsi un lavoro.

Il padre borbotta insofferente contro la guerra, maledice gli anni «idioti» che ha malamente sprecato, ricorda furioso gli orrori che ha visto e vissuto e si oppone ostinato e caparbio al nuovo potere che esalta estasiato il sacrificio di un popolo che ha redento la patria, e intanto bastona e talvolta anche ammazza chi gli si oppone o soltanto resiste.

«Non fummo mai felici / della felicità fatta di luce» ha scritto Pozza in *Elegia per la madre*, e poi: «Il padre era un irremovibile sasso: / i tiranni graffiavano e lui li sputava, / mettevano legacci e lui li tagliava».

Il ragazzo gli assomiglia come una goccia d'acqua: è altrettanto dolce e altrettanto ribelle. Camminano entrambi per la loro strada a testa alta, tanto alta da sembrare tra le nuvole, svagata, ma con i piedi fermamente per terra, pesanti come non mai, che ogni volta si ha paura di non farcela a muoverli e ad arrivare.

In fondo, di questo limpido racconto di un'infanzia ribalda e felice, il vero protagonista è proprio il padre: Ugo, lo scultore che il fascismo condanna alla inoperosa attesa di qualche incarico, è il vero maestro di vita che, distratto e affettuoso, accompagna il suo ragazzo verso la maturità, offrendogli con ingenuo candore il povero patrimonio di una salda coscienza morale, di un'irremovibile dignità, di un'orgogliosa alterigia.

Il ragazzo, cacciato da scuola, affronta senza rimpianti il lavoro in bottega, corre affamato per essere puntuale al mattino e sgobba sodo per dieci ore. Scopre nei fatti l'ingiustizia di quel misero soldo che il padrone gli consegna alla fine del mese e sfugge con incosciente baldanza al destino che sembra averlo per sempre condannato alla servitù.

Paradossalmente, la scuola, cacciandolo via, ha segnato per sempre la sua vita, indirizzandola per la strada ripidamente in salita che conduce alla libera affermazione di sé: senza eroismo quando finalmente stacca il lavoro di falegname corre alla scuola di disegno e ogni volta che il padrone ci prova a piegarlo lo lascia di sasso sbattendo la porta.

Anni venti: il ragazzetto cresce in fretta avido di indipendenza e di libertà e inevitabilmente, quando finalmente si sente sicuro di sé, raggiunge il padre nella sua bottega di scultore, ormai artista anche lui per destino e per vocazione.

La piccola *bohème* vicentina di un gruppetto di uomini che inarrendevole ogni mattina si ritrova nelle gelide stanze dello studio-bottega è la migliore scuola di vita che potesse toccare in quegli anni a un giovinetto testardo e coraggioso. Qui si agita ancora il vento gagliardo di una pacifica rivolta anarchica, qui è possibile scegliersi senza scrupoli i maestri più strambi ed eccentrici, qui si sa che la grande maestra di vita è proprio la vita reale.

Certo, il padre con i suoi stravaganti amici è un

«sognatore», tanto è incolmabile la distanza che separa i suoi comportamenti e le sue scelte da quelle della società che gli sta attorno, ma altrettanto vero è che la realtà appare così ridicolmente irragionevole, così malinconicamente immiserita da non poter essere comunque accettata così com'è. Meglio, dunque, la geniale pazzia di Arturo Martini della retorica prosopopea dominante, meglio la lenta ricerca di una propria strada che il ripercorrere la strada di un'accademia insensata.

Nella baldanzosa adolescenza di questo giovinetto vicentino si specchia l'altra Italia, quella che non piegò la schiena alle umilianti pretese del fascismo, che credette con coraggiosa incoscienza che il mondo poteva e doveva cambiare: «Così vivendo, / e d'ogni affanno imparando – / per l'esempio incorruttibile che foste – / passammo anni coraggiosi».

I lettori di *Commedia familiare*, di *Una città per la vita* ritroveranno in questo *L'ultimo della classe* la vena burbera e fresca della memorialistica di Pozza, il suo risentimento morale tanto severo quanto umanamente affettuoso, la sua fiducia in se stesso e negli altri, perché nulla accade invano e comunque conviene agire secondo coscienza e giustizia.

Questo ragazzo cacciato da scuola e il suo buon padre sognante si rivelano protagonisti di una diversa storia degli italiani negli anni grigi e poi drammaticamente neri del fascismo, una storia straordinariamente appassionante nella quale possiamo specchiarci senza rossore, sicuri che non c'è violenza che possa annientare le migliori qualità dell'uomo.

Pozza sa che il suo è un racconto limpidamente morale, ma sa che di esso non sono protagonisti splendidi eroi, ma soltanto uomini poveri, che per restare se stessi in un mondo ostile hanno creduto nell'arte più che nel potere, con orgogliosa superbia, con testarda cocciutaggine, fino al rischio di diventare teneramente ridicoli, pateticamente coraggiosi.

Ricordarli con affettuosa ironia e con ammirata devozione non è un atto di pietà, ma di giustizia e d'amore. [*c.d.m.*]

"900"

COLLANA
DIRETTA DA CESARE DE MICHELIS

CON ANTONIO DEBENEDETTI
E FRANCO SCAGLIA

CARLO BERNARI, *Quasi un secolo*, pp. 352
GIUSEPPE BERTO, *Colloqui col cane*, pp. 176.
GIUSEPPE BERTO, *Guerra in camicia nera*, pp. 240
G.A. CIBOTTO, *La coda del parroco*, pp. 304
G.A. CIBOTTO, *Scano Boa*, pp. 184
G.A. CIBOTTO, *Stramalora*, pp. 244
GIACOMO DEBENEDETTI, *Al cinema*, pp. XL-344
EURIALO DE MICHELIS, *Adamo*, pp. 236
UGO DÈTTORE, *Quartiere Vittoria*, pp. 320
FRANCO FORTINI, *Sere in Valdossola*, pp. 208
CARLO LAURENZI, *Due anni a Roma*, pp. 252
INDRO MONTANELLI, *Qui non riposano*, pp. 272
OTTIERO OTTIERI, *Il campo di concentrazione*, pp. 316
OTTIERO OTTIERI, *Tutte le poesie*, pp. 368
NERI POZZA, *Personaggi e interpreti*, pp. 232 con 18 ill.
GIOVANNI RUSSO, *L'Italia dei poveri*, pp. 264
GIANI STUPARICH, *Colloqui con mio fratello*, pp. 192
FLORA VOLPINI, *Comandi, Signora*, pp. 292

Di prossima uscita:
FULVIO TOMIZZA, *La ragazza di Petrovia*

Finito di stampare nel mese di giugno 1986
per conto di Marsilio Editori in Venezia
dalla Tipo-lito Poligrafica Moderna, Padova